著 藤白圭

イラスト キギノビル

JN112330

異形見聞録 イギョウケンブンロク

PHP

目次

Contents

プロローグ

　新江成人は、パソコンで人気漫画の考察サイトを巡っ

ているうちに、妙なブログに辿り着いた。

　タイトルは『異形見聞録』と書かれてある。

　背景画像は穏やかな山の景色だ。青々と茂った木々が

目に優しい。

　それなのに、タイトル文字には血液を彷彿させるような

不気味な色と、おどろおどろしい雰囲気のフォントが使用

され、やけに禍々しいのだ。

　背景画像とタイトルのアンバランスさに違和感を覚えた

成人は、そのまま画面をじっと見つめる。

　背景画像には人も動物も写っていない。けれど、パソ

コンの画面越しに成人は誰かに見られているような気が

して、ビクリと肩を震わせた。

　よく見れば、うっすらと自分の目がモニター画面に反射

している。

「なんだ……俺の目かよ」

　幽霊の正体見たり枯れ尾花とはよく言ったものだ。ホッと息をついた成人は、タイトル文字へと視線を移す。

「異形って、妖怪とか宇宙人とかってこと？　いやいや……まさかな」

　『見聞録』というのは読んで字のごとく、見聞きした記録のことだ。

　いったい何が書かれているのか気になった成人は、ブログを読んでみることにした。

第一話

優先席

第一話 『優先席』

『来月引っ越し決定！』 | 2008/02/02 19:47

　うわ、最悪だ。父さんが実家の家業を継ぐことになった。

　実家の家業がなんなのか知らないけど、祖父母の家に引っ越すことは確定。

　祖父母が住んでいるところって、山と海に囲まれたのどかな村なんだよね。

　たまに遊びに行くと、海や川で遊んだり、新鮮な海の幸や豊富な山の幸

を使ったバーベキューをしたりして、めちゃくちゃ楽しいんだけどさあ。

　実際に住むとなると、刺激が足りなくてつまらない気がするんだよね。

　引っ越しは３学期が終わる少し前にするらしい。

　どうせなら終業式が終わってからにしてほしかったよ。

まあ、引っ越し後の中学校生活は１年だけだ。

どうしても馴染めなかったら、高校進学を機に一人暮らしさせてもらおう。

『最後の晩餐』 | ２００８／０３／０２　１５：０４

いらないものは捨て、必要な荷物はすでに祖父母の家に送った。

ガランとした室内を見渡すと、なんだかセンチメンタルな気分になる。

今夜は住み慣れたこの町での最後の晩餐だ。

寿司か焼肉どっちがいいか聞かれたんだけどさ。

引っ越し先は漁業が盛んなところだから、新鮮な魚介類は豊富なんだって。

だったら焼肉一択でしょ。

たらふく食うぞ！

『ザンギサマ』　｜　2008/03/03　18:18

　ちょっと長くなるけど、聞いてくれよ。

　昨日も話したけど、今日は祖父母の家に引っ越したんだ。

　で、その道中、かなりマイナーなローカル線の電車に乗ったんだけど……鉄道やバスとか、公共交通機関のほとんどに『優先席』があるだろ。

　優先席付近には、妊娠中の人、赤子を連れた人、高齢者、体の不自由な人たちのために設けられたことが一目でわかるように、ピクトグラムを用いたステッカーが貼られてあることがほとんどだと思う。

　ローカル線内にも、もちろんあったんだけど、普通使われているピクトグラムの他に、頭一つ分くらい大きなものが描き加えられていたんだ。

　そのピクトグラムは、腹部分に口のような穴、胸部にはツノのようなものが描いてあったんだけど、何をイメージしているのかさっぱりわからない。

首を傾げていると、母さんと一緒にボックスシートに座っていたはずの父さんが、いつの間にか俺の背後にいて呟いたんだ。

「ああ、今日は３月３日か」

　その一言で俺はハッとした。俺は幼い頃から、ゾロ目が揃うと、天使や神様がいる合図だって父さんや母さんから聞かされてきたんだ。

「1111」なら願いの実現、「2222」なら順調に進んでいる、ラッキーセブンなら奇跡が起きるといった様々なメッセージを教えられた。

　３月３日ということは、ゾロ目は３３だ。３３は「出会いの兆し」だったよなと考えていると、父さんが静かに口を開いた。

「この電車には、ゾロ目の晴れた日にだけ、『ザンギ様』が乗車するんだよ」

　父さんは不可解なピクトグラムを指さしながら、説明してくれた。

　ゾロ目の日にしか現れないのであれば、ザンギ様は、この土地の人々が崇める天の遣いか、神様のようなものなのかもしれない。

だとしたら、神様に敬意を表して優先席を作ったとしても頷ける。

疑問が解消されたところで電車は発車した。

何気なく優先席に目を向けると、一人の老人と、若い男女が座っていた。

俺の視線に気がついたのか、父さんがこっそりと話してくれた。

「ザンギ様がいない間は、あの席に座っていても問題ない。けれど、ザンギ

様が乗車されたら、その席を譲らないといけない。譲らなかった場合は──」

父さんが肝心の部分を言い終わらないうちに、電車が次の駅に着いた。

扉が開き、のっそりと乗車してきた客を見て俺はギョッとした。

客は２メートルを超える巨体だ。顔は落ち武者、その胴体は鬼のような顔

で形成されている。やけに長い手を四本も持ち、肩や膝にも顔があった。

あり得ない光景に呆然としていたら、父さんに手のひらで視界を遮られた。

「目と目を合わせちゃだめだ。気づかないフリをすれば大丈夫だから」

あれがザンギ様なのかと直感的に理解し、頷いた。そして、好奇心と怖い

もの見たさで、指の隙間からザンギ様の様子を盗み見た。

　ザンギ様はこちらに背を向けている。けれど、膝や肩からにょきりと出ている小さな顔が、周囲を警戒するように見回していた。優先席から男女は動かない。その隣にいた老人が、ザンギ様に気がついた。

　席を譲るつもりなのだろう。杖で体を支えて立ち上がろうとした。

　すると、ザンギ様は老人の肩に手を置き、座っていた席にそのまま座らせる。

　そのタイミングでトンネルに入る。

　窓ガラスにザンギ様が反射して映っている。四本の長い手が男女の体を同時につかむ。そして、ザンギ様の胴体部分——鬼の口——が大きく開かれた。

グチャリ、 ゴキュゴリクチャ——

　男女は悲鳴をあげる間もなくザンギ様……いいや、鬼に食われたんだ。

　男女の姿が跡形もなく消え去ると、ザンギ様は何事もなかったかのように、

二人が座っていた席にゆったりと座った。

人間が二人も食われたというのに、誰一人、騒ぐ人がいない。緊張を孕んだ独特の空気に圧され、父さんにすら何も聞けない。

それなのに、両親を含む、俺以外の乗客全員が平然と過ごしていた。

俺は得体のしれない不気味さを感じて震えが止まらなかった。

それから何駅か過ぎて、電車はようやく『上降立駅』に到着した。

駅は駅でも無人駅だ。駅名の書かれた看板以外、ベンチすらない。周囲は木々に囲まれて、建物一つ見当たらない。誰も降りる人はいないので、すぐに発車すると思っていた。けれど、いつまでたっても扉は閉まらない。

通過列車待ちなのかと思い、俺はぼうぜんと窓の外を眺めていたんだ。

木々の向こう側は、蒸気か煙のようなもので、白く霞がかっていた。

山の天気は変わりやすい。霧かなと思っていると、**フォンフォンフォンフォン**と不可思議な機械音が聞こえてきた。

車内の反応を見るが、誰もこの音に反応していない。

　けれど、みんなが明らかにホッとしたような顔をしたのを俺は見逃さなかった。

　いったいどういうことなんだろうと思っていたら、ザンギ様がその音に誘われるようにゆっくりと立ち上がり、扉へ向かって歩き始めた。

　多分、みんな、この駅でザンギ様がこの音に誘われて、降りることを知っていたんだろう。だったら俺にも最初から教えておいてほしかったよ。

　電車を降りたザンギ様の背中を見送り、ようやくホッと息をついた時、霧の奥にぼんやりとした光が見えた。

　その光に向かってザンギ様が歩き出したところで、電車が発車したんだけど……あの光はいったいなんだったんだろう？

　多分、ザンギ様に関するものなんだろうけど、さっきの出来事を見たあとでは、確認しようなんていう気も起こらない。

　勇気のある人がいれば、『上降立駅』に行って確認してほしい。

/igyou
kenbunroku

第二話

アレで鍋パ

Profile
id:Satoru_T
✉ メッセージを送る

最終更新：2008/11/29 19:20

第二話 『アレで鍋パ』

『アレをシルには』 | 2008/03/08 03:31

　ここんところ、引っ越しの荷物の整理やらなんやらで、バタバタしていてブログ書くのを忘れてた。

　俺、マイペースなタイプだから、毎日続けるのって無理なんだよね。

　気まぐれ更新になっちゃうけど、読者登録してくれている人は、登録外さないでくれると嬉しいな。

　あ、そうそう!

　引っ越し当日にザンギ様に遭遇した件をブログに書いただろ。

　あの一件で、正直、村での生活に不安を感じていたんだけどさ。

あれから特に、奇妙な出来事も変なルールもいまのところはないし、ちょっとホッとしている。

　それに、よくテレビや週刊誌なんかで見かけるご近所トラブルなんかも、いまのところ大丈夫そう。

　まあ、この土地は父さんの地元だしね。

　大学に行くまでは、この土地にずっと住んでいたんだから、ほとんどの人と顔見知りみたいだし、じいちゃん、ばあちゃんはずっと住み続けているんだから、当たり前って言えば、当たり前なんだけどさ。

　でも、そんな事情を抜きにしても、近所の人たちはみんなフレンドリーで、親しみやすい人ばかりなんだ。

　村の案内はしてくれるし、引っ越し祝いとか言って、採れたての野菜や果物、海産物をくれるし、いい人ばっかなんだよ。

　自分でも現金な奴だって思うけど、引っ越し先がこの村でよかった。

　ぶっちゃけた話、遊ぶ場所とかは少ないけど、こうやってネット環境もしっかり整っているし、休日には電車で３０分くらいのところに、カラオケや映画館、ショッピングモールなんかもあるから、いまのところ不便さは感じてないかな。

　それに、明後日は近所に住む南海さんが、歓迎会を兼ねて鍋パーティーをしてくれるんだって。

　とはいっても、歓迎会を口実にした男同士の飲み会らしいんだけどね。

　珍しい食材に、ジュースも用意しておくからと言って、未成年の俺も快く招待してくれたんだ。

　これからお世話になる村の人たちとコミュニケーションをはかるのも大事だし、珍しい食材が食べられると聞けば、参加しないという手はないだろ！

　それに、大人の集まりがどんなものか興味もあるしね。

　ただ、いつも美味しいご飯を作ってくれる母さんとばあちゃんに留守番をし

てもらって、男たちだけで鍋パーティーを楽しむっていうのが、なんだか申し訳なくてさ。

　ばあちゃんも母さんも、「男の人たちだけでズルい！」とか言って、拗ねるんじゃないかと思ったんだけど──羨ましがる様子なんて一切なかった。

　それどころか、二人して含み笑いなんか浮かべるわけ。

　しかも、「ああ……**アレ**を食べるのね」なんて、意味深なことまで言うんだよ。

　そんなこと言われたら気になるだろ？

　すぐに、「**アレ**ってなんだよ」って聞いたんだ。

　そしたら、家族みんなして、「**アレ**は**アレ**。食べてみればわかる」とか言って、教えてくんねーの。

　その時点で怪しいよな？

　もうこれ、絶対ヤバいやつでしょ。

　じいちゃんも父ちゃんも食べるんだから、体に害のあるもんじゃないとは思

うけどさあ……ばあちゃんや母さんが悔しがるどころか、興味すら持たないってことは、ゲテモノっていう感じがするんだよね。

　ヘビとかトカゲとかなら、原型がわからなければ食えるだろうけど、昆虫だったら無理だな。

　いったい、どんな珍しい食材が出てくるのか。

　明後日、乞うご期待！

『検索キンシ』 ｜ 2008/03/09 11:29

　どうしてもアレが気になって仕方がない。

　教えてもらえないのであれば、調べるしかない。

　俺には力強い味方、スマートフォンやパソコンがある。

　いまの時代、インターネットで検索すれば、あっという間にアレの謎が解き明かされることだろう。

知っている情報といえば、いま住んでいる村の名前と**アレ**という言葉。

それと、珍しい食材ってことだけだ。

一応、『男だけの鍋パーティーで使われる食材』って感じで検索してみた。

そしたら、いきなりパソコンの電源が落ちたんだよ。

その後も何度か試みたんだけど、画面が固まったり、バグが起きたりして、検索できない。

パソコンの不具合かと思って、スマートフォンで検索し直したんだけど、結果は同じ。

むしろ、スマホ本体が持てなくなるほど熱をもっちゃってさ。

壊れるんじゃないかと焦ったよ。

もしかして、**アレ**について探るなっていう何かの警告なのかも？

いやいや、そんなわけないよな。

山のどこかで雷でも落ちたのだろう。その影響に決まっている。

『鍋パ直前に知った事』｜ 2008/03/10 11:47

あれからも、何度か**アレ**について家族に尋ねたが無視された。

グロテスクなものじゃなきゃいいんだけどな。

そうそう。

なんで、ばあちゃんと母さんが男だけの鍋パーティーに拗ねなかったのか判明した。

母さんたちは鍋パーティーに参加する男性陣の奥さんたちと一緒に、夕方から繁華街に出てイタリアンレストランで食事するんだと。

これであの含み笑いの理由がわかったよ。

食材がわからない怪しい鍋パーティーよりも、母さんたちのほうがお洒落で旨いもん食うんだもん。

そりゃあ、快く鍋パーティーへの参加を了承してくれるわけだ。

俺だってばあちゃんや母さんたちが参加する食事会に行きたくないと言えば嘘になる。

　でもまあ、食材のわからない鍋パーティーのほうが、ブログのネタ的にはおいしいんだよな。

　これで味も美味しければ言うことないんだけど……どうだろう?

　いよいよ、今夜。

　アレを食べます。

　度胸試し的なノリの鍋でないことだけを願うのみ!

　多分、今日中にもう1回、ブログ更新すると思う。

　アレが気になっている人は寝ずに待っていてくれると嬉しいな。

『アレの正体はなんなのか』 │ 2008/03/10 24:29

　ただいまー。

っつっても、２２時ちょい過ぎには、南海さんちから帰ってきていたんだけどね。

母さんたちは俺たちよりも早く家に帰っていた。

二人とも、ものすごく楽しかったみたいで、食事会の自慢話に延々と付き合わされて、大変だったよ。

それからテレビを見たり、風呂に入っていたりしたら、日付変わるギリギリになっちゃった。

ちなみに、鍋パーティーは思っていた以上に楽しかったよ!

何から書こうか悩むけど……みんなが気になっているのは、『アレ』の正体だよね。

実はアレ……。

結局、なんなのか未だにわかんないんだ。

え？　鍋にアレが入っていたんだろって？

もちろん入っていたさ。

じゃあ、見た目からアレがどんな食材かわかるだろうって思うだろ？

でも、それが、よくわかんないんだよね。

海産物だとは思うんだけど、父さんとじいちゃんと一緒に南海さんちにお邪魔した時には、すでに鍋の準備はほとんど終わっていたんだ。

つまり、すでに調理済みってこと。

もともとどんな形状をしていたものなのか、まったくわからなかったんだよ。

参加者は十数名で、俺たちが一番遅かったみたい。

すでにお酒を飲んでいる人もいた。

原型を留めていないアレを見ても、正体は不明のままだ。

だから、俺はもうここにいる人たちに教えてもらうしかないなって思ったんだよ。

　とはいえ、ここにいる人たちも、じいちゃんや父さんと同じように、教えて

くれない可能性がある。

　だから、俺はお酒を飲んでいる人に狙いを定めたんだ。

　ほら、酔うと口が軽くなるって言うだろ？

　俺は、豪快に酒を飲んでいるおじさんに近づいたんだ。

　そしたら、おじさんのほうから「天道さんちのお孫さんか？」って話しかけ

てくれたんだ。

　すぐに頷いて、おじさんの横に座ったよ。

　で、テーブルの上を見渡して、「今日って、すっごいご馳走ですね」って言っ

たんだ。

　おじさんは嬉しそうな顔をして、「ああ。今日は**アレ**がたらふく食えるぞ」

と、**アレ**について話を振ってくれた。

　おじさん自ら話題にしてくれたんだから、それに乗っかるしかないだろ。

俺はワクワクしたような顔をして、「みなさん、**アレ**を食べさせてくれるって

言うんで、ものすごく楽しみにしていたんですよ」と、わざとらしくはしゃいで

みせた。

　そしたら、「そうだろ、そうだろ。**アレ**は最高だからな」と機嫌よく頷いてく

れるもんだから、これは「イケる」って思ったんだよね。

　すかさず、「ちなみに**アレ**って、正式名はなんですか?」って聞いてみたん

だ。

　その途端、ムッとした顔をされてさ。

「**アレ**は**アレ**だろ」

　不機嫌な声でピシャリと言われたんだ。

　そうしたら、その様子を見ていた他の人たちまで「そうそう。**アレ**は**アレ**で

しかない」「**アレ**以外、なんだっていうんだ」と騒ぎだして……結局、正式

名称は誰も教えてくれなかったんだよ。

　それどころか、「**アレ**について探るのはやめたほうがいい」とまで言われちゃったんだよね。

　鍋の中には具材として入っているわけだし、みんなで食べるわけだろ。

　ってことは、みんなは正体を知っているわけだ。

　なんで俺にだけ秘密にするんだろうって、ちょっとイラついた。

　でもまあ、せっかく村の人たちが開いてくれた歓迎会だし、これ以上、雰囲気を悪くしたくない。

　不満を堪えて、**アレ**には触れないように気をつけることにしたんだ。

　結論から言うと、俺の判断は正解だった。

　アレを探るのをやめれば、みんなとすぐに打ち解けることができた。

　会話も弾むし、年齢の近い人もいて、一緒にゲームを楽しんだ。

　刺身やつまみを食べながら、飲めや歌えのどんちゃん騒ぎで、ウーロン茶やジュースしか飲んでいない俺でも、みんなとワイワイ盛り上がった。

でもって……いよいよメインの鍋!

蓋を開けた途端、白い湯気が立ち上がり、ふんわりとだしの香りが漂う。

ちょっと独特な香りも混じっているが、それが妙に胃を刺激する。

　すでにいろいろ食べているのにもかかわらず腹が鳴っちゃって、恥ずかし

かったんだけどさ。

　でも、それは周りの人たちも同じだったみたいで、みんなギラついた目を

して鍋を見ていたんだ。

　1杯目だけは、主催者の南海さんが取り分けてくれた。

「悟くんは初めて**アレ**を食べるんでしょ?　だから大サービスね」

　軽くウインクをする南海さんから、盛りに盛られた器を受け取る。

　中身を見たら、触手のようなものが目に飛び込んできた。

　しかも、かなり不気味な色をしている。

「なんだコレ」

見たことのない食材に、思わず素っ頓狂な声が出た。

そしたら、周囲にいる人たちが、俺の器の中を覗くわけ。

俺はみんなも驚くと思ったんだ。

でも、違った。

むしろ、「これが**アレ**だよ**アレ**」「希少部位まで入ってるじゃないか。悟、良

かったな」って盛り上がっちゃって……。

正直、「**アレ**」がこんな奇妙なものだとは思っていなかったから、俺は口を

あんぐりと開けたまま、数秒間は固まったね。

あ、そうだ！　その時の様子を写真に撮ったんだった！

一応、鍋に入れた具材もバッチリ写っているんだぜ。

手前にいるのが南海さんで、トングを持っているのが俺んちの隣に住んで

いる吉村さん。

　吉村さんは、前にブログで書いたと思うけど、引っ越ししてすぐに海産物をくれた人なんだ。

　みんな、和気あいあいとしていて、家族みたいに仲がいいんだよね。

　あ、それよりもアレの話をしなくちゃな。

　俺、「希少部位まで入っている」っていう言葉が気になってさ。

　もしかして、この気持ちの悪い物体は俺だけに取り分けられたものなのかと思って、他の人の器の中身も確認したんだよ。

　でも、それは杞憂だった。

　他の人たちの器にも、肌色とも赤色ともつかない、妙に生々しい……触手のような臓物のようなものが盛られていた。

　不気味な食材にゾッとしつつも、俺的には自分と他の人たちが食べるものが同じで、そこはホッとした。

　自分だけがゲテモノを食べるわけじゃないという安心感を得たものの、口

に入れるのは少々勇気がいる。

　とりあえず、俺はアレを箸で摘んでみた。

　ぶつ切り状態なので原型はわからないが、何かヒントとなるような部分は

ないかと細かく見ていく。

　鱗がなく、吸盤があるところや、弾力のある肉質からして、タコかイカのよ

うな軟体動物に近い気がする。

　海中に住むグロテスクな生物といえば、目も口も異様に大きくて、歯が鋭

かったり、真っ暗な中でも自ら発光したりする深海生物を想像する。

　熱帯地域には派手な見た目のものや、いかにも毒を持っていそうな不気

味な色をした生物も多い。

　けれど、熱帯地域の派手な生物や、深海のグロテスクな生物であっても、

種類によってはものすごく美味しいものもあると聞く。

　考えてみれば、カニやエビ、アンコウ、ウニだって、パッと見ればエイリ

アンのような見た目だが、その味は格別だ。

　勇気を出して一口食べれば、とろける旨さなのかもしれない。

　特徴的な香りだって、食欲を増進させる。

　だが、いかんせん見た目が悪すぎる。

　もう見るからに生々しい、食欲が失せる色合いなんだぜ？

　動物でも人間でも第六感っていうか、警戒心っていうか……生きるための

危機管理能力っていうものが、多かれ少なかれ備わっているって言うだろ？

　まさに俺の脳が危険信号を鳴らしたんだ。

【これは食べちゃダメなやつ】ってね。

　でも、周囲の様子は違っていた。

　俺が食べるのを躊躇っている間も、周囲は嬉々として食べて、おかわりま

でしている。

　俺以外の全員が食べているのを見たら、【食べない・食べられない】なん

ていう選択肢は残っていない。

　箸が進まない俺に、みんなの「もしかして不味かった？」「もう食べない
の？」といった、残念そうな視線が注がれる。

　俺は覚悟を決めた。

　ブヨブヨとした皮のようなものを、箸を使って剥く。

　ヌルリ、ズルリと簡単に剥けた。

　内臓に皮があるという話は聞いたことがない。

　ということは、やっぱり軟体動物なのだろうか？

　だったら、イカよりもタコに近いかもしれない。

　といっても、匂いと色がまったく違う。

　皮よりも中身の筋肉――肉のほうが気味の悪い色をしている。

　どうしたものかと躊躇し、皮は器の端っこに避けた。

「旨い、旨い」と連呼する周囲の様子に背中を押され、思いきって肉を一

口食べる。

　歯ごたえのある食感ではなく、ブニュリという例えようのない奇妙な歯ごたえが気持ち悪い。

　時折、コリコリとした部分もあり、それがアクセントとなっている。

　見た目とは違い、クリーミーな味わいなのだが、最後にピリリと舌が痺れるような刺激が残る。

　最初は不快感を覚えた味わいだというのにもかかわらず、いい意味であとを引く。

　もう一口食べる。

　今度はブリュリュッという歯ごたえが、楽しくもあり、心地よく感じる。

　コリコリ感もたまらない。

　思いっきり噛むと、特徴的な匂いのあとから、すっきり爽やかな清涼感溢れる香りが鼻を抜ける。

どう表現したらいいのだろう？

経験したことのない味わいはどんな料理とも比較できない。

ただ、一言言えるのは、妙に病みつきになる味わいってことだ。

更に言えば、多幸感もある。

噛めば噛むほど、つい頬が緩んでしまう。

みんなにも、この美味しさを伝えたいのに、それを表現できるスキルが俺にはない。

語彙力のなさが悔やまれる。

まあ、そこんところは、みんなでワイワイ盛り上がっている写真から察してほしい。

あ、ついでと言っちゃなんだけど、このブログを読んでくれている人の中で、料理や食材に詳しい人っている？

写真に写っている**アレ**を見て、正体（正式名称）がわかるんじゃないか

なって思ったんだけど、ぶつ切りの状態じゃあ、わかる人はいないか……。

　でも、わかる人がいたら、是非教えてほしい。

　だって俺、あの味が忘れられそうにないんだよ。

『ショウタイフメイ』│ 2008/03/11 20:29

　おいおい、嘘だろ?

　昨日のブログを見直していたら、衝撃的なことに気がついたんだけど……。

　ほら、ブログの中に写真をアップしただろ?

　あの写真、いったいなんなんだ?

　俺が撮った写真と違うんだけど……。

　刺身やつまみが盛られていた皿にはゲテモノ料理が盛られているし、鍋の

具材が盛られている皿には変な目玉のついた肉片がのっている。

　あんなの、鍋パーティーの時にはなかったんだよ。

だいたい、俺が食べたのはぶつ切りにされた**アレ**だ。

なのに、あの鍋の中に入っているのって……なんなんだ？

棘のようなものがついた触手を持った不気味な生物が写ってるんだけどさ。

あんなのが鍋の中にいたら、俺、間違いなく絶叫して、食べるのを拒絶し

たって！

いや、拒絶どころか、南海さんちから逃げ出していたと思う。

なんで、昨日の鍋の中にはなかったのに、写真には写っているんだ？

俺は未成年だからお酒は飲んでいない。

酔っぱらってもいないし、意識だってハッキリしていた。

ジュースとお酒を間違えて飲んだなんてことは絶対にないと言い切れる。

それなのに、昨日の記憶と写真に写っているものとが一致しないなんて、

どう考えてもおかしいだろ？

それに、よく見てくれよ。

窓ガラスにおぞましいクリーチャーが反射して写り込んでいるんだよ。

いくつもの目と触手を持った化け物としか思えない生物だ。

それに、手前にもクリーチャーが写っている。

俺は解体する現場なんか見ていないし、包丁もブルーシートもなかったはずなんだ。

なんだよアレ！

なんで南海さんも吉村さんも、平気な顔で化け物を解体したり、トングで取り分けようとしているんだよ。

あり得ないだろ！

いや……まてよ。

俺の目がおかしいだけか？

ブログにアップした写真、みんなにはどう見えているんだ？

もしかして、普通に刺身や鍋を囲んで楽しんでいる光景が写っているだけ

だとか？

　ごめん。まじで、混乱している。

　もしも、俺がこのブログに書いているような、得体の知れないクリーチャー

が見えるというのであれば、俺はいったい何を食べさせられたんだろう。

　誰かアレの正体がわかったら教えてほしい。

　せめて、体に害のないものであることを祈る。

/igyou
kenbunroku

第三話
人魚漁

第三話 『人魚漁』

『天道家家業』 | 2008/04/14 10:10

　鍋パーティーで使われていた具材がクリーチャーだったのかも……っていう

ショックのせいで、なかなかブログを書く気になれなくてさ。

　気がついたらもう４月の半ばじゃん。

　いろいろ悩んだけど、あの写真は誰かのイタズラだと思うことにした。とい

うか、そう思わないとムリだった。

　気を取り直してブログを再開することにしたんだけど、何を書こうかな。

　あ！　そういえば、うちの家業のこと、まだ説明していないよね。

　うちの家業は、『海守人』というものらしい。

海守人って、馴染みのない言葉だからいまいちピンとこないんだけど、村にとっては大切な役割をしているんだって。

聞けば、海の治安を守る公務員みたいなもんだという。

治安を守るって言ったら、自衛隊や警察を想像するだろ?

でも、うちの父さん、今まで普通のサラリーマンだったわけよ。

柔道や剣道を習っていたっていう話は聞いたことがないし、特殊な訓練を受けていたようには見えない。

だって、見た目からしてひょろひょろしているんだぜ?

絶対にあり得ないよ。

それに、船舶免許なんか絶対に持っていないと思うんだよね。

船に乗れなくても、腕力や強さに自信がなくてもできる仕事なのかな?

ちょっと想像つかないや。

今度、父さんが仕事をしている様子を、こっそり覗きに行ってみようかな。

『密漁者には罰を』｜ 2008/04/29 02:51

　このブログを更新する前に写真だけアップしたんだけど、見てくれた？

　あれ、加工したわけでも、模型を写したわけでもないんだけど……船の上に捕獲されている生きもの、ヤバくねえ？

　みんなは信じないかもしれないけど、この生きもの──人魚なんだ。

　空想の生物や妖怪として、一般的に認知されている人魚じゃないよな？

　俺、村に人魚がいるって聞かされた時に、「一般的に想像されている人魚とは違う」と言われたもんだから、普通の動物だと思っていたんだよ。

　ほら、マナティやジュゴンっていう海洋哺乳類って、人魚の正体とも言われているだろ？

　だけどあれ……なんなんだよ。

人魚のようで人魚じゃない。ヒレがあっても、顔がない。あまりにも異様すぎる見た目だし、イタズラにしてはスケールがデカすぎる。

だから、村の祭りやイベント用に作られたオブジェか大道具かと思って、興味本位でいくつか写真を撮ったんだけど、それも違った。

アップした写真は、偶然撮れた決定的瞬間だと言ってもいい。

正直、今日見た光景があまりにも衝撃的すぎて……いや、そうじゃない。

この村に来てから、ずっとおかしなことばかり体験している。

気のせいだとか、幻覚なんていうレベルじゃない。

俺はおかしくなってしまったのだろうか。

ちょっと、ブログに書きながら記憶を整理しようと思う。

今回のブログを読んで、俺が見た夢や妄想だという人もいるだろう。

そんな意見に関しては、別になんとも思わない。

目の当たりにした俺でも信じられないんだもん、見ていない人が信じられ

ないのは当たり前のことだよ。

　でも、俺がこの目で見て、この耳で聞き、肌で感じたのは間違いじゃない。

それだけは信じてほしい。

　じゃあ、今回の件を一からまとめなおしていく。

　まず、前に海守人を引き継いだ父さんの仕事っぷりを覗きに行ってみよう

かなって、ブログで書いただろ？

　あれから、友達もできて、毎日何かと忙しくてさ。

　なかなか父さんの仕事場を覗きに行くことができなかったんだよね。

　でもやっぱ、海守人なんていう特殊な仕事って、気になるだろ？

　一応、父さんにどんな仕事か聞いたんだ。

　父さんが言うには、この村は家業が七つに分類されていて、屋根の色でそ

の家がどんな役割を担っているのか一目で見分けることができるんだって。

　それぞれ漁業、林業、農業、その他の産業……みたいに、村全体が協力

しあって主力の財源としているんだけど、その中で特に大切なのは

『**人魚漁**』だって言うんだ。

　人魚っていうと、妖怪や空想上の生物をイメージするだろ？

　驚く俺に、父さんは「一般的に想像されている人魚とは違うが、この村に

は人魚と呼ばれる生物がいる」と説明してくれたんだ。

　俺はまだ実際に見たことはなかったけど、この村で言う人魚は海の生命体

としては食物連鎖の頂点捕食者にあたるそうだ。

　しかも、１回の産卵で数百匹生まれるらしい。

　あまり増えすぎても海の生態系を壊してしまうから、村人たちが人魚の親玉

（多分、人魚の管理人？）である『とさん様』と契約を結び、許可を得た

人魚だけを村人たちは捕獲できるようになったそうだ。

　人魚の肉は滋養強壮によく、油はハンドクリームや化粧品に使われ、鱗は

硬くて綺麗なので、アクセサリーや螺鈿細工といったものに使われている。

　他国では若返りや不老長寿の秘薬になると噂され、密漁が絶えないらしい。

　そこで重要な役割をするのが『海守人』なんだって。

　どうやら、海の治安っていうか、主に密漁者から人魚を守る仕事っぽい。

　そんな重要な仕事を、我が天道家が代々担っているだなんて信じられる？

　俺はますます父さんの仕事に興味をもったんだ。

　ここまでが父さんに聞いた話。

　で、今日はたまたま部活も友達との予定もない土曜日だったからさ。

　昼ご飯を食べてから、村の高台にある公園に行ってみた。

　そこからは、村全体だけでなく、父さんの仕事場である海岸や海が水平線

までよく見える。

　下から吹き上がる海風を感じながら海を見下ろすと、どうも海が騒がしい。

　見知らぬ船が数艘あり、その周辺だけがやけに波が立っているのか、水面が白く泡立っているように見えたんだ。

　俺はじっと目を凝らしたが、遠目ではよくわからない。

　スマートフォンを取り出し、カメラを起動させた。

　数艘のうち、一番大きな船にピントを合わせる。

　それからズーム機能を使い、目標物を大きくしていく。

　すると、船の甲板には人魚のような生きものが磔にされていたんだ。

　誰かのイタズラにしては大袈裟だし、ドッキリ番組の撮影にしたって、あまりにも大掛かりすぎるような気がする。

「現実的に考えるなら、村の祭りやイベントの予行演習って感じだけど……そんなワケないよな？　それに、魚の動きとか質感とか、リアルすぎるだろ！　どんだけ製作費をかけているんだ？」

　信じられない光景を目にした俺は、驚きと興奮から写真を撮ったんだ。

でもさ、あまりにも非現実的な光景だろ？

本物だとは到底思えなくて、『これは町興しの一環として企画された催し物の一つに使われるんだろう』と結論づけたんだ。

その時、ピーーーーーッという超音波のような甲高い音が響き渡った。

鼓膜が破れるんじゃないかっていうほどの爆音。

しかも、頭蓋骨の中で音が何度も反響するんだ。

正直、頭が割れるかと思ったよ。

脳天に突き刺さるような耳と頭の痛みを覚えた俺は、耳を両手で塞ぎながら、音のするほうへと目を向けたんだ。

音は海岸沿いに建てられた見張り台のようなところから聞こえる。

見張り台の上には誰かがいる。遠目では、はっきりと顔まではわからない。

けれど、体形や服装からして、あれは父さんだとわかる。

父さんは両手を上げ、海へ向かって大声で何かを叫んでいるようだった。

不可解な行動をしている父さんが気になり、その様子を凝視する。

いつの間にか、超音波のような音は消えていた。

ただ、海風に乗って、父さんの声が耳に届く。

それは歌のような祝詞のような、不思議な抑揚だ。

歌詞なのか呪文なのかはわからないが、父さんの口から発せられている言葉は、日本語でも英語でもない。

生まれて一度も耳にしたことのない言語だった。

「父さんは何を唱えているんだ？」

俺は自分の呟きを耳にして、ハッとした。

なぜなら、父さんがいる場所から、俺がいた高台までは、住宅街や田畑、いくつもの道路があり、かなり離れている。

当然、生活音や環境音がそこかしこから聞こえてくる。

大きな声で叫べば「おーい」ぐらいなら、かすかに聞こえるかもしれない。

かといって、緊急時にサイレンや防災情報を音声で知らせる防災スピーカーを使用しているほどの大きな音量で聞こえているわけでもない。

　明らかに機械を通していない父さんの生の声が、明瞭に聞こえるんだ。

　俺はスマートフォンのカメラを再び構え、父さんの顔をアップにする。

　まるで、俺の視線に気がついたかのように、父さんが目をカッと開いた。

　途端、船の周りの海面が大きく盛り上がる。

　即座に俺はカメラをそっちに向けた。

　船の周りに大きな水しぶきが上がり、そこから白い触手のようなものが現れた。

　いいや、あれは触手ではない。

　海面に出た指先が不気味に動いていたんだ。

　驚きのあまり手が滑り、カメラのシャッターボタンに指が触れた。

　シャッター音が鳴るか鳴らないかのタイミングで、いくつもの白い手が船を

中心として傘のように広がったかと思えば、その船を抱き寄せるようにして海の中へと引き込んだ。

　それは、あっという間の出来事だった。

　海の中に引き込まれた船の周囲に配置されていた他の船も、一艘、また一艘と、白い巨大な手によって海の中へと消えていく。

　海面から『人魚』に関わったと思われる船がすべて消えると、船のあった付近には数多の人魚が嬉々としてトビウオのように飛び跳ねているのを見て、俺はこれがイベントでも撮影でもなく、現実だと確信した。と同時に、「海守人」という職業を理解した。

　帰宅した父さんは、「今日は久々に大仕事だったよ」と疲れた様子だった。海守人である父さんが大仕事をしたってことは、人魚の密漁者を相手にしたんだって、俺はすぐにピンときたよ。

　こんな恐ろしい事件があったら、全国ニュースで取り上げられているはず

だって思うよな。でもさ、よく考えてくれ。

『白い手の化け物が、人魚密漁の船を沈没させました』

　なーんていう話、誰が信じる？

　オカルト番組が取り扱う情報であれば、笑い話で済む。

　でも、ニュースや情報番組で報道したら、みんなどう思う？

　パニックになる？　あり得ない事件に驚愕し、ゾッとする？

　リアルタイムで現場を見ていない状態であれば、俺だったらそんなニュー

スを見たらヤラセか何かだと思って呆れると思う。

　それに、今日見た船は、多分、海外からの密漁船だと思うんだよね。

　それが数艘海に沈められたんだぜ？

　この事件が表沙汰になれば、国際問題になりかねないだろ。

　そりゃあ、密入国や密漁は許されないことだよ。

　きちんと法に則って罰せられるなり、彼らの本国に強制送還するのが筋だ。

　けれど、人魚を密漁しようとした船は、警告も何もなく、突然海から現れた白い巨大な手によって海の藻屑となった。

　そんな非現実的なことを報道したところで、日本の海域において、他国の国民が日本に住む何かに殺されたことには変わらない。

　下手をしたら、このことをキッカケに国同士の争いになりかねないだろう。

　であれば、他国の密漁者が日本の領域を侵したことすらなかったことにして、シラを切り通すほうが、かたや密漁者という問題を回避することができ、かたや、他国の人間を犯罪者とはいえ、死なせてしまった責任を負わなくてもいいわけだ。

　つまり、この事件はなかったことにされ、今後もニュースで取り沙汰されることはないと俺は睨んでいる。

　ただ、俺的にはこのまんまスルーできないわけですよ。

　だって、そうだろ？

天道家が代々引き継ぐ家業が**海守人**なんだ。

　今回のような事件が起きた場合、のちのち俺が対処しなくちゃいけない。

　今後のためにも詳細を知っておくべきだと思うんだよ。

　疲れてぐったりしている父さんには悪いけど、俺は聞きたいことを忘れない

うちに、自分が見たことを伝え、どういうことなのか尋ねたんだ。

　以下は父さんからの回答になる。

　海守人とは、自ら密漁者を取り締まることもあるが、そのほとんどは海を

荒らす者たちを発見したら、とさん様に知らせるという役目を担っているのだ

という。

　俺が聞いたピーッという音は父さんが持つ特殊な笛で、その笛の音は**海守**

人の血筋の者と人魚の親玉であるとさん様にしか聞こえない。

　そして、あの呪文のような祝詞のような不思議な言語は、とさん様との意

思疎通をはかる言葉らしい。

はるか昔、どういういきさつがあるのかはわからないが、とさん様と契約を結んだ天道家の者と、とさん様にしか通じない特殊な言語だという。

この言語は書物には残されていないし、口承できるものでもない。

天道家の直系血族であり、次代を担う人間だと認められた者だけに、何故か自然とその言葉が身につくのだそうだ。

そんなファンタジーな話ってあると思う？

だが、父さんは真顔で「俺だって、家業を継ぐと決めるまでは、じいさんが海守人として口にする言葉が、まったく理解できなかった」と言うんだ。

しかも、父さんには兄も妹もいるが、彼らには理解できないどころか、その言語を耳にしても雑音にしか聞こえないらしい。

中には不快に感じる人までいたという。

そういう人は天道家の血筋であっても、何故か、遠く離れた地で生涯を終える。

　ということは、理解できないにしろ、どこかの言葉だとは感じられる俺は、跡継ぎになる可能性が大きいと考えていい。

　であれば、やはり、とさん様についてのことや、この地の海を荒らす者や密漁者の行く末を知る必要がある。

　俺は一番知りたかったことを口にした。

「あの密漁者たちは全員死んだの？」

　父さんは静かに頷くと、「もう少し詳しく話そうか」と言って、先ほどの続きを話してくれた。

　先にも話した通り、俺が引っ越ししてきたこの村の主力の財源は漁業──『人魚漁』だ。

　捕獲できる人魚は、この村と契約を結んでくれた、とさん様が許可をして

くれた人魚だけである。

　では、いったいどんな人魚であれば捕獲できるのか？

　とさん様たちは人魚漁を許可する見返りに、この村から何を貰うのか？

　その答えは俺の予想の斜め上をいくようなものだった。

　とさん様が捕獲許可を出してくれた人魚は、人魚界でルールを犯した人魚。

つまり罪人である。

　そして、**海守人**……この村がとさん様に差し出すものも、『この海』のルー

ルを犯した人間である。

　つまり、厄介者を等価交換することで、契約は成り立っているわけだ。

　俺はそこで疑問が湧いた。

　人魚は人間にとって、滋養強壮の薬や食用、化粧品にアクセサリーと幅広

く利益をもたらしてくれるが、反対に人魚にとって人間は必要なのか？

俺の問いに父さんは苦笑した。

　人魚にとっての人間は、女性は人魚の美しさを維持するための栄養であり、男性は繁殖のために必要不可欠な存在なのだという。それは何故か。

　ここに住む人魚には性別がない。

　ようするに、オスの役割もメスの役割もできるわけだ。

　それなら、人魚同士で交尾をすればいいと思うだろ?

　そこで問題なのが、人魚の世界のルールなんだ。

　人魚は人と同じく、共食いを禁じられている。

　けれど、人魚は交尾直後、メスがオスを食べなければ受精しないという。

　しかも、受精卵を胎内に宿したメスは、赤ちゃんが生まれるまでの間、巣に籠って出てこない。

　つまり、交尾後に食べられたオスは、孵化までの間の栄養源にもなっているというわけだ。

　ここまでのところで、「まさか……」と思った人もいると思う。

　そう、人魚は共食い禁止なのだから、人魚同士で交尾ができず、異なる動物（種族）と交尾しなくては、子孫を残せない。

　人魚は人間のような上半身と、魚の尾を持つ水生生物だ。

　多くの人魚がマグロやサメといった大型魚類や、ジュゴンやイルカといった海洋哺乳類で交尾を試したが、すべて失敗に終わった。

　そこで、人魚たちは人間に目をつけた。

　偶然、海で泳いでいた男を襲い、強制的に交わった結果、受精し、人間の男から栄養を得ることで、卵を産み、孵化することに成功した。

　そのことを知った人魚たちはどうすると思う?

　もちろん、こぞって人間の男を襲ったのは言うまでもない。

　当然、襲われた人間たちだって復讐に燃える。

　人魚と人間との間で熾烈な争いが繰り広げられるようになった。

争いは何も生まない。

互いに大事な仲間たちを無駄死にさせ、憎しみだけが募っていく。

そんな状況を打破しようとしたのが、俺のご先祖と、人魚の親玉である

とさん様なんだって。

人魚と人間が共存し合うにはどうしたらいいのかを話し合い、互いに不利

益のない契約を結んだというわけだ。

人間は人魚によって富を得て、人魚は人間によって種の繁栄、英気を養っ

ているのだから、まさにWin-Winな関係だといえる。

父さんの話を聞き、頭では人魚と人間の関係を理解した。

人魚と良好な関係を保つために、先祖から代々受け継がれてきた**海守人**

という役目がものすごく重要であることも納得した。

けど、理解することと、それを受け入れることとではまったく違う。

　いずれは俺がとさん様との窓口になるなんて、勘弁願いたい。

「**海守人**を引き継ぐのって、従兄弟の康太や、一真でもいいんだよね？」

　本音を口にすれば、父さんが即座に否定した。

「いいや。俺の予想だと次の**海守人**は悟、お前だよ」

「いやいや、そんな化け物相手、絶対に無理！　ちょっとでも相手の機嫌を損ねたら、俺が人魚の餌食にされるかもしれないんだよ？」

　両手と首を激しく振って、全身で拒んだ俺の気持ち、わかってくれる？

　だって、とさん様の力があれば、俺たち人間なんて、簡単にねじ伏せることができるんだぞ。

　あくまでも、とさん様の厚意によって契約が成り立っていることに気がつかないほど俺だって馬鹿じゃない。

　絶対に**海守人**になりたくないと駄々をこねる俺を、父さんが聞き分けのない子供を見るような目で見て、溜息をついた。

それから、急に神妙な顔をして、小刻みに口を動かし始めたんだよ。

上唇と下唇が触れあうたびに、「パパパパパ」という音を鳴らすんだ。

唇の動きからして、何かと喋っているような雰囲気だった。

だから、俺は恐る恐る声をかけたんだ。

「もしかして、とさん様と話しているの?」ってね。

　父さんはそこで覚悟を決めたような顔をしたかと思えば、いきなり俺の頭に両手をかざしてきて……ゆっくり瞼を閉じたかと思えば、不可思議な言葉を唱え始めたんだ。

『BEMOSINOMASANSA・TOHAREWAREWA』

　父さんの唱えているものが、とさん様との言語だと俺はすぐに気がついた。

　ものすごく嫌な予感がして、俺は父さんの肩を強く揺さぶりながら、正気に戻ってくれるよう懇願した。

　けれど、父さんは呪文を止めるどころか、更に大きな声で唱えるんだよ。

　なんだか急に父さんが全然見知らぬ人っていうか、知らない『何か』に思えて、「やめてくれっ！」って叫びながら胸板を思いっきり叩いたんだ。

　その時、父さんの胸が人間とは思えないほど硬いことに気がついてさ……。

　俺は怖くなって、父さんの前から逃げようと思い、体の向きを変えたんだ。

　すると、父さんが低く唸るような声で忠告するんだよ。

「悟。いまここから離れると食われるよ」

　俺はギクリとして固まった。

　ギギギギッとオイルの切れたブリキ人形のような動きで振り返ると、父さんは未だに目を瞑ったまま、俺の頭に手をかざしていたんだ。

　絶句したまま立ち尽くせば、父さんが口元にうっすら笑みを浮かべた。

　まるで、「よく踏みとどまったな。偉いぞ悟」とでもいうように──。

　その時の恐怖は言葉じゃ言い表せない。

　父さんは目を閉じているのに、瞼越しに鋭く俺を射抜く視線を感じるんだ。

少しでも動いたら殺されるんじゃないかと思うほどの圧を感じた俺は、身

動き一つできなかった。

　それと同時に、部屋の温度が一気に下がるのを感じたんだ。

　寒さで体がガタガタ震えだす。

　すると、海のほうからも波の音とともに、奇妙な声が俺の耳に届いた。

　最初は空耳かと思ったよ。

　けれど、声はどんどん大きくなり、やがて、歌であることがわかった。

　心地のいいメロディーに思わず耳を傾けてしまう。

　寒くて全身の震えが増しているというのに、何故か心がぽかぽか温かくなっ

ていくような気がした。

　歌詞の内容はまったくわからない。

　けれど、それは海守人ととさん様との間で使われている言語であるという

ことだけは、なぜか理解できたんだ。

『これ以上聴いたら、後戻りできなくなる』

　そんな不安が頭を過った。

　でも、その歌声には抗えず、俺は耳を塞ぐことができなかったんだ。

　そのうち、だんだんと眠くなってきて、立ったまま船を漕ぎだした俺は、白い触手のようなものに包み込まれたことを覚えている。

　母親に抱かれ、あやされている時の赤子の気持ちって、こういう感じなのかなって思うほどの安心感と多幸感に包まれてさ。

　もう、何も考えたくない。ただ、このまま眠りたい。

　そう思っているうちに、いつの間にか俺は意識を失っていたんだ。

　で、それから１時間くらいで目が覚めたんだけど……。

　ここまで書いて疲れちゃった。

　もう、日付は変わって２時過ぎてるし、続きはまた明日。

『あり得ない』 | 2008/04/29 10:32

　今日が休みでよかったよ。

　昨夜はあまりにも疲れていて、ついさっき起きたところなんだ。

　昨日は心地のいいメロディーで眠ってしまった俺が、目を覚ましたところま

で書いたと思うんだけど……。

　俺の部屋は2階、父さんと話をしていたのは1階のリビングだった。

　それなのに、目を覚ましたら自分の部屋で寝ていたんだよ。

　しかも、着替えた記憶はないのに、パジャマを着ているし、夕飯を食べた

記憶もないのに、お腹も空いていなかった。

　全部夢だったのかなって思ったけど、父さんが部屋まで運んでくれたと考え

るには無理がある。

　俺、昨日、ブログを更新する前に、人魚の写真をアップしているだろ。

　それが今もきちんと残っているんだ。

　写真があるってことは、俺が見たことは夢ではなく現実だったという明らかな証拠だ。

　それに……俺、人魚の写真を見た瞬間に思い出しちゃったんだよ。

　白い触手のようなものに包まれて、意識を失ったって書いただろ?

　あの後のことが、走馬灯っていうものがあるとしたら、こんな感じなのかなって思うほど、脳内にバーッと記憶が流れるっていうか、１０倍……いや、２０倍速で駆け抜けていったんだ。

　その内容が、とんでもないんだよ。

　俺は辺り一面、真っ白な世界にいた。

　寝台の上に寝かされているようだが、首から下が一切動かない。

　いったいどういう状況なのかと困惑していると、１本の触手がどこからとも

なくにょろりと現れたんだ。

　その触手は得体の知れない何かを持っている。

　肉のようなものだが、鱗がついているようにも見えた。

　滴る血のようなものは赤くはない。

　触手が俺の口元に持ってくる。

　生臭さはないが、怪しげな肉片が目に入り、俺は無意識に顔を顰めた。

　触手が二度三度、俺の唇をノックするように肉片を当てる。

　絶対に口を開けないぞという意志とは反対に、俺は雛鳥が親鳥から餌を
与えられるように口を大きく開けていた。

　肉片が口の中に放り込まれると、俺は条件反射のように咀嚼した。

　口の中で肉汁が溢れ出す。

　甘い、旨い、甘い、旨い──まるでジューシーなヒレステーキのようだ。

　先月食べた**アレ**よりも美味しい。

時々硬さのあるものを感じるが、パリパリにしたスライスアーモンドのような食感で、ちょうどいいアクセントになる。

ああ、この村に来てから、変なものを食べてばかりいる気がする。

頭では食べたくないと思っているのに、何故か食べるのを止められない。

クチャグチャクチャグチャ──カリッカリッ、ジュルルルッ、ごくん。

肉片を飲み込むと、今度は別の触手が肉片を口元に持ってきた。

反射的に口を開く。肉片が放り込まれる。咀嚼して飲み込む。

そして、再び触手が肉片を口に運ぶ。

まるで、わんこそばのような強制給餌が１３回も繰り返され、俺はようやく解放された。

「これでお前も徐々に後継ぎとしての意識が芽生えるだろう。今はゆっくり寝なさい」

父さんの手のひらが俺の瞼を閉じるように、上から下へとゆっくり撫でた。

記憶はそこでプツリと切れている。

人魚の写真を見て思い出した記憶こそ、夢オチだろって思うよな？

でも、違うんだ。

だって、俺、気がついちゃったんだよ。

触手に食べさせられた肉片の味が口の中に残っていることにさ。

しかも、歯と歯の隙間に異物を感じて指で取り出せば、見たこともない奇妙な形をした鱗だったんだ。

俺って、あの触手に何を食わされたんだろう。

鱗があるってことは魚の肉だよな？

まさか、人魚……いや、それは考えるのをやめておこう。

とにかく、明日、病院に行ってこようかな。

『名前の由来がわかったよ』 |　2008/04/30　19:43

　今朝、病院に行ったけど、まったく問題なかったぜい！

　心配かけてごめんな！　俺はめっちゃ元気です。

　で、話は変わるんだけど、俺なりに『とさん様』について調査したんだ。

　つっても、ただ、学校の友達に聞いただけなんだけどな。

　とさん様の名前についてなんだけど、手が１３本生えているからとか、密漁者を捕獲する時に、傘のように１３本ある手を海中から広げているから、

　『と傘様』って呼ばれているんだって。

　写真を確認したら、確かに白い手は１３本だった。

　１３という数字は海外では不吉だとされているけど、日本では「十」を「とお」、「三」を「み」と読み、「十三」と書いて「とみ」と読むことができるから、縁起がいいという話を聞いたことがある。

ただ、調べてみると、十三塚や十三重塔などでは、死者を象徴する数とし

て用いられていたという説もあるらしくてさ。

　つまり、とさん様が「富」を与えてくれる存在になるのも、「死」を司る存

在になるのも、俺たち人間次第ってことだろ？

　俺が海守人になることは決定事項だ。だったら、いい関係を築きたい。

　こうやって将来のことを真面目に考えることができるのも、この村に引っ越

してきたお陰かもなあ。

　ほんじゃ、母さんが風呂に早く入れってうるさいから入ってきます。

第四話

じいちゃんの秘密

第四話 『じいちゃんの秘密』

『うちの蔵が、気になる件』 | 2008/08/08 11:30

最近、このブログも普通の日記みたいに、学校や部活、友達の話ばっか

り書いていたけど、今日は違うよ。

久々に面白いブログのネタがあるんだ。

それは何かって？

我が家の敷地内にある『立ち入り禁止の蔵』の話だよ。

俺としては、我が家の家業と同じくらい謎で、気になっていたんだよね。

今日、その蔵に侵入することができたんだ。

もちろん、正攻法で入ったわけじゃないよ。

唯一、蔵に入ることのできる人間はじいちゃんだけでさ。

　じいちゃん、毎日朝晩必ず蔵に入るんだ。

　いつもは誰よりも早く起床するじいちゃんが、今朝はなかなか起きてこなくてさ。

　そろそろ蔵に行く時間だなと思って壁掛け時計を見たタイミングで、じいちゃんが部屋から慌ただしく出てきたんだよね。

　で、俺が「おはよう」って挨拶しても気がつかないくらい焦っていて、着の身着のまま蔵へと走っていったんだ。

　人って、時間に余裕がない時ほどミスをしやすいだろ?

　だから、俺はこっそりじいちゃんのあとを追ったんだ。

　案の定、じいちゃんは蔵の中に入ったあと、内鍵をかけ忘れたみたいでさ。

　蔵の中に入れちゃったってわけ。

　その証拠写真がコレ。

ヤバそうな雰囲気の写真でびっくりしただろ？

変な像を作っているじいさんが写っているんだから、「なんだよコレ」って

思って当然だよ。実際に見た俺だって、ギョッとしたもん。

そういえば、確か6月くらいだったかな。

うちのじいちゃんがやけに羽振りがいいって、ブログに書いたよね？

その時、この蔵の話もしたと思うんだけど……ちょっと待ってよ。

今、その時書いた記事をここにコピペするからさ。

＊＊＊＊＊

『祖父のヒミツ？』 ｜ ２００８／０６／０２ １８：４１

最近、気になることがあるんだけど聞いてくれる？

うちって海守人の仕事をしているだろ。

前にも話したように、海守人って公務員のようなもんなんだよ。

　つまり、村から給料（報酬）を貰っているんだから、当然、大富豪でもなんでもない。

　それなのに、うちのじいちゃんって、やけに羽振りがいいんだよね。

　外国製の高い車に乗っているし、趣味の釣り道具も沢山持っているし、他にもいろいろと好き勝手に買っている。

　それに、家族にもしょっちゅうプレゼントをしてくれるんだ。

　この間も、なんの気なしに「新型のパソコンが欲しいな」って呟いたら、翌々日には宅配便で、俺宛ての荷物として家に届いたしね。

　孫としては嬉しい反面、どこにそんなお金があるんだって心配になるわけ。

　他に副業をしていたわけでもなく、大地主でもない。

　成人してからずっと**海守人**1本で働いてきたじいちゃんが、そんなにポンポン高額なものを買えるわけがないと思わない？

　過去に宝くじで高額当選でもしたのかな？

『祖父はツイてる』｜ 2022/06/06 15:10

　じいちゃん、やっぱ宝くじで高額当選していたらしい。

　しかも、大金を手に入れたのはそん時だけじゃないんだって。

　お金が必要なタイミングで、いきなり庭から金塊が出てきたり、株で儲かっ

たり……ちょっと怖い話をすると、身寄りのない遠い親戚が亡くなって遺産が

入ったこともあるらしいんだ。

　いくら幸運・強運の持ち主でも、そんな偶然ってあり得る？

　そういえば、じいちゃんは毎日朝晩決まった時間に、家の敷地内にある蔵

に入る。で、だいたい１時間ぐらいすると出てくるんだよね。

　もしかして、それが関係してるんじゃ？

　だから一度、じいちゃんのあとを追って、一緒に蔵に入ろうとしたんだ。

　そしたら、「この蔵には絶対に入っちゃいけない！」って、ものすごい剣幕で

叱られたんだよ。

　いつもはすんげえ温厚で優しいのに、家の敷地内にある蔵に入ろうとした

だけで烈火のごとく怒るなんて、絶対に何かを隠しているとしか思えない。

　どうにかして中に入りたいんだけど、蔵にはいつも頑丈な錠前がかけられ

ているんだ。しかも、窓は2階の格子付きの小さなものしかない。

　じいちゃんが蔵に入ったあとで、こっそり中を覗こうとしたこともあるんだ

けど、内側から鍵をかけられていた。

　普段は大雑把な性格なのに、蔵に関しては妙に警戒心が強いんだよ。

　どう考えても怪しすぎるよな。

　蔵の中に何があるのか。蔵の中でじいちゃんが何をしているのか。

　隠されれば隠されるほど気になる。

　いつか必ず蔵の秘密を暴いてやるぞ!

　＊　＊　＊　＊　＊

コピペを読んで思い出してくれたかな？

　念願叶って、俺はこの蔵に入ることに成功したわけだけど……蔵の奥には
もう一つ扉があったんだ。ここまでくれば、当然、奥の扉の中も見たい。

　とはいえ、中を覗いている間に、外からばあちゃんたちにバレると面倒だ
ろ？　だから、蔵の入り口の扉を閉めて内鍵も閉めた。

　窓一つないので一気に暗くなる。

　目が慣れるまで待つと、あちこちに箪笥や置物があることに気がついた。

　足を忍ばせ、身を潜ませながら奥の扉に向かう。

　妙に生臭い。少し鉄やカビの匂いも混じっているようで、俺は臭いで気持
ちが悪くならないよう鼻を摘みながら、奥にある扉の中に入る。

　すると、前方に障子扉があった。障子扉は全開だ。俺はじいちゃんに気づ
かれないように移動し、障子扉の影に隠れた。

　そこで俺はギクリと固まったんだ。

こっそり侵入したのは俺だけのはずだろ？

それなのに、じいちゃんと誰かが、会話している声が聞こえるんだ。

俺は恐る恐る中を覗いた。

中にはポリタンクや盛り土、様々な道具が散乱していた。

　その奥で、一心不乱に赤い液体を土に混ぜて粘土状にしたもので、大き

な人形のような、像のようなものを作っているじいちゃんがいたんだ。

　それだけなら、ちょっと不気味だけど、じいちゃんは大きな像を作るのが

趣味なんだと納得できたかもしれない。

　けどさ、驚くべきことに、じいちゃんは土像と会話をしていたんだよ。

じいちゃんの独り言じゃないのかって？

　いいや、じいちゃんが声色を変えて、一人で二役やっているとしても、動く

はずのない土像の口が動いていたんだ。これは絶対に説明がつかない。

　ただ、この村に来てから、あり得ないことばかりに遭遇しているせいか、

俺は意外と冷静でいられた。

　土像が喋ることを現実だと捉えて、二人（?）の会話に耳をそばだてた。

　二人（?）の会話から、じいちゃんが『**イカタサマ**』という神サマか何か
を召喚していることがわかった。

　決められた手順と条件で作り上げられた像に、召喚した**イカタサマ**を宿
し、それを祀ることで、どんな願いも叶えてくれるみたいだ。

　つまり、じいちゃんの幸運は、持って生まれたものではなく、**イカタサマ**
──呪術や呪物のようなもので引き寄せていたってことらしい。

　俺はその事実を知ってゾッとした。だってさ、昔からよく言うだろ？

　願いを叶えてもらうためには、代償が必要だって──。

　じゃあ、じいちゃんは今まで何を代償にしてきたんだ？

　俺はそこまで考えたうえで、現在進行形で**イカタサマ**の器（像）を作って

いるじいちゃんをじっと見た。

完成した**イカタサマ**でなければ、願いを叶えることはできない。

今までの願いを叶えた**イカタサマ**は別にいるということなのか?

不思議に思っていると、土像の中で何かが動いているのが見えた。

目を細めてじっとその部分を見る。その途端、俺は悲鳴を上げそうになった。

だって、像の口や目の奥に触手のようなものが蠢いているんだぜ?

しかも、その触手の一本がじいちゃんの耳へと入り込んだんだよ。

じいちゃんはそのことに気がつくことなく、土像作りに集中していた。

それこそ、一心不乱になって――。

もしかして、じいちゃんは**イカタサマ**に寄生され、エネルギー源にされて

いるんじゃ……?

願いの代償は**イカタサマ**の増殖を手伝うことだとしたら……。

一つ願いが叶うたびに自由になった**イカタサマ**はどこにいるのだろうか?

もしかしたら、意外と俺たちの身近に潜んでいるのかもしれない。

第五話

文化祭名物・巨像合戦

Profile
id:Satoru_T
✉ メッセージを送る

最終更新：2008/11/29 19:20

第五話 『文化祭名物・巨像合戦』

『ヤバいよ文化祭』 | 2008/09/15 18:34

　今日は文化祭の準備中、ものすごく衝撃的な出来事があった。

　俺が住んでいる村って、変な風習が多いだろ?

　そんな村にある学校だから、独自のルールや行事がいくつもあるんだよ。

　例えば、『ゾロ目の日はゾロ目の時間に、鬼門の方角に向かって黙祷する』

『階段の段数を数えながら上がったり下りたりしてはいけない』『授業時間

は44分で7限目まで』といったものがある。

　そんな中、特に気になるのが『巨像合戦』なんだ。文化祭の名物らしい

んだけど、もうすでに名前だけで気になるだろ?

言葉通り、大きな像を対戦させるわけだけど……ちょっと言葉だけじゃ、説明しにくいんだよなあ。

　あ、そうか。

　今日撮ったばかりの文化祭の準備風景の写真を見ながら説明すれば、わかりやすいよな。

　多分、コレを見ても、合成写真やCGで作った画像だって言われると思うんだけど、これだけは先に言っておく。

　加工や修正は一切していないからね。

　みんなびっくりすると思うんだけど、心の準備はいいかな？

　絶対にフェイク写真だと疑わない人だけ見てほしい。

　まあ、疑われても仕方ないかなーと思うほど衝撃的な写真だけどね。

　それじゃあ、巨像の全体図を収めたくて、机の上に乗って撮ったものをアップするよ。

どう？　この写真、ヤバくね？

　中央に横たわっているのが、巨像合戦に使われる巨像なのは、言わなくてもわかるよな。

　ただ、ぽっかり空いた腹部から出ている赤い触手みたいなものとか、触手に囚われている生徒はいったいなんだよって、不思議に思うだろ？

　うまく説明できるかどうかはわからないけれど、順を追って説明するよ。

　巨像合戦っていうのは、クラスごとに用意されている巨像の頭に、クラス別で作られたハチマキを巻いて、そのハチマキを学年関係なく奪い合うというこの学校独自のクラス対抗イベントだ。

　ハチマキを奪われた巨像は、その時点で『負け』となる。

　最後まで残った巨像が優勝という単純なものなんだけど、これが結構盛り上がるらしい。

巨像は組み立て式で、一つ一つの部品がかなり大きい。

学校の格納庫にクラスごと決められた場所に収められていて、文化祭準備期間から取り出すことができるようになっている。

学年やクラスが判別できるよう、巨像は微妙に色や顔が違っているものの、大きさや手足の長さといったものはすべて同じだ。

どういう仕組みなのかはわからないが、クラスから一人、巨像を動かす『心臓役』というものを選び、その心臓役が巨像の中に入ると動くのだという。

この話を聞いた時、「面白そうじゃん」と思って、心臓役に立候補することも考えたんだよね。

だって、巨像を動かせるんだぜ？

小さい頃に見ていたアニメや特撮ヒーローみたいでかっこいいじゃん。

ワクワクしながら巨像合戦の説明を聞いていたんだけど、周囲の様子を見

て、すぐにやめた。

　だってさ、みんな心臓役になるのを嫌がっているっていうか……。

　むしろ、怖がっているっつうか、怯えているような奴までいるんだもん。

「君子、危うきに近寄らず」って言うだろ？

　下手に立候補して、危険な目に遭いたくない。

　だから、俺もみんなと同じように心臓役を拒絶したんだ。

　みんながやりたくないんだから、立候補者なんかいるわけがない。

　じゃあ、どうやって心臓役を決めるのかという話になる。

　くじ引きやじゃんけんで決めようという意見も出たんだけど、クラスカース

トの上位にいる滝岡の一声で、多数決で決めることになった。

　不正がないように、担任から生徒一人一人に小さなメモ用紙が配られる。

　そのメモ用紙に、心臓役に相応しいと思う人の名前を記入し、教卓の上

に設置した箱の中へ入れていく。

　開票は担任が行うことで不正を防止し、得票数の一番多い生徒が心臓役になるという、いたってシンプルなやり方だ。

　けれど、このやり方は公平に見えて、公平ではないんだよなあ。

　だってさ、仲間が多い奴や、クラスに影響力のある奴がターゲットを決めた時点で、勝負は決まったも同然だろ。

　よそ者には分が悪い。

　ただ、俺の家は代々、村にとって重要な役割である**海守人**を担っているからだろう。

　転校当初からクラスメイトからは一目置かれ、滝岡からも何かと気にかけてもらっていた。

　だから、悪いようにはならないだろうという妙な自信があった。

　案の定、多数決の言い出しっぺである滝岡から、小さな紙が回ってきた。

　『心臓役。佐藤にしようぜ！　っつーわけで、佐藤とその周りにいる奴ら以

外にこの紙を回してくれよな』

　佐藤は、クラスの中でも目立たないグループにいる生徒だ。

　その中でも佐藤は一番気が弱い。

　頼み事をされると断れない性格をしているので、いろいろと面倒事を引き

受けてしまう。

　そんな佐藤を、同じグループの仲間たちが助けたり、頼み事を断ったりし

ている姿を目にしたことは一度や二度ではない。

　自分からは文句が言えないタイプだからこそ、心臓役を押し付けるのにちょ

うどいいと滝岡は考えたんだろう。

　俺も「悪いな……」と思いつつも、自分が選ばれたら嫌だという気持ち

のほうが強くて、佐藤の名前を書いちゃったんだよね。

　他の子たちも佐藤を陥れてやるというよりも、自分がやりたくないっていう

気持ちのほうが大きかったんじゃないかな。

滝岡の策略通り、心臓役は佐藤に決まった。

そしたらさ──佐藤の奴、泡を吹いて失神しちまったんだよ。

失神するほどのショックって、よっぽどだよな?

面倒だから嫌だとか、怪我をしそうだから嫌だとか、そんなレベルじゃないと思う。

だから俺、佐藤の様子を見て、ほっとしちゃったんだよね。

どんな役目なのか知りもせずに、安易に立候補しなくて良かったって──。

その後、佐藤は担任と養護教諭によって担架で保健室に運ばれた。

30分ほどで目が覚めたらしい。

学校から連絡を受けて、迎えに来た母親と一緒に帰宅したみたいだけど、それから3日も連続して学校を休むもんだから、このまま文化祭が終わるまで来ないんじゃないかって心配したよ。

でも、４日目に佐藤は両親に連れられて学校に来たんだよね。

　佐藤の両親は、「心臓役は名誉なことだとうちの子も納得しましたから」なんて言ってたけど、どんよりとしたオーラを纏い、がっくりと項垂れている佐藤の姿を見たら納得しているようには見えなかった。

　まあ、それでも両親からも説得されて、心臓役からは逃げられないと腹をくくったみたいでさ。

　はっきりと「心臓役、引き受けます」って宣言したんだ。

　気弱な佐藤を心臓役に陥れた手前、みんな、罪悪感が多少ある。

　佐藤一人に競技の責任を押し付けるわけにはいかない。

　少しでも心臓役の負担を軽くしようと思い、俺たちは佐藤が入る巨像の組み立てに力を入れることにした。

　みんなの話によると、巨像の電源は生体のエネルギーを使っているらしい。

　心臓役が巨像の中に入るのが早ければ早いほど、巨像が動くために必要なエネルギーが多く溜まるのだという。

　つまり、優勝するには早く組み立てることが肝心だ。

　ただし、正確に丁寧に組み立てないと、合戦中に壊れてしまうこともある。

　俺たちは一致団結し、休憩時間や授業後の時間を使って、巨像の組み立てに必死になって取り組んだ。

　佐藤が安心・安全に巨像を乗りこなせるよう、ちょっとした歪みも、少しのズレも許さない勢いで、慎重かつスピーディーに仕上げていく。

　１つの目標に向かって協力し、助け合っていると、仲間意識が生まれたり、絆が深まったりするもんだろ？

　もともとクラスの仲は悪くはなかったんだけど、巨像作りのお陰で、グループを越えた交流も増えて、クラスの雰囲気はものすごく良くなったんだよね。

　ただ一人、みんなが盛り上がれば盛り上がるほど、佐藤だけは浮かない

顔をしていたのが気になってはいた。

　それも、巨像合戦で優勝しなきゃっていうプレッシャーに押し潰されそうなんだろうなって思って、俺らなりに「当日は怪我のないよう頑張ってくれればいいからさ」「結果なんか気にせず、楽しみながら巨像を動かしてくれ」とフォローもいれたんだ。

　その甲斐あって、多少は気持ちも軽くなったのか、佐藤自身もだんだん前向きな姿勢を見せていたっていうのにさあ……こういう時に限って、変なことが起きるんだよ。

　巨像の組み立てが完成に近づくにつれて、学校内で奇妙な声を聞くようになったんだ。

　すすり泣きだったり、呻き声のようなものが聞こえたり、ぼそぼそと誰かが喋っているような声が聞こえたりする。

それに対して誰も何も言わないから、俺、最初は空耳かと思ったんだ。

でも、そうじゃなかった。

日直の日、みんなが帰ったことを確認して、教室の施錠をしたんだ。

そうしたらさ……聞こえてきたんだよ。

「イケ……エイ……」

「ワタシ……ニエ……カワ……タイ……」

誰もいないことを確認したはずの教室から、怪しい呟きが聞こえるんだ。

もちろん、俺はすぐに鍵を開けて中を確認したけど、誰もいない。

扉を開けた途端、声もパタリと止んだ。

俺はなんだか怖くなって、一目散に逃げたんだ。

で、翌日、クラスのみんなに奇妙な声のことを話したんだけど……みんなの反応がめちゃくちゃ薄いんだよ。

「まあ、声だけなんだし、害はないじゃん」

「それ、いま話すことじゃないよ」

「無駄に怖がらせてどういうつもり？」

　普通はさあ、もっとこう……「嘘だろ？」「え？　マジかよ！」って、驚いたり、びびったりするだろ？

　それなのに、みんな、さらっと聞き流すどころか、呆れたような、冷めたような顔をするんだよ。

　俺は自分の体験談を話しただけだっていうのに、なんか悪者扱いみたいな雰囲気になっちゃって、かなり居心地が悪くなったんだよね。

　ここで俺は、クラスの連中の態度に引っ掛かりを覚えた。

　奇妙な声について驚かないってことは、言い換えれば、その声について何か知っているってことだろ？

　転校してきた俺以外のみんなは、きっと、何度も奇妙な声を聞いている。

　なんなら、この声の正体を知っている。

　だから、誰もいない教室で俺が不気味な呟き声を聞いたと話した時、驚くこともも怖がることもなかったんだと確信した俺は、「あの声はいったいなんなんだ?」と聞こうとしたんだ。

　けれど、バンッと机を叩くような大きな音によって遮られた。

　振り返ると、乱暴に立ち上がった佐藤のせいで、椅子がガタンッと音をたてて倒れるところだった。

「やっぱり僕には無理だよ!」

　ほとんど悲鳴に近い声をあげた佐藤の勢いに圧倒され、俺はその場で呆然と立ち尽くした。

　そばにいたクラスメイトたちが佐藤を取り押さえる。

　その数、佐藤一人に対し、五人だ。

　しかも、その背後で滝岡がロープを持って待機していた。

　羽交い締めにされ、身動きできない状態の佐藤を、

滝岡が手際よくロープで縛っていく。

そこで、学級委員長が再び多数決をとり始めた。

「心臓役は誰がいい?」

その一言で、佐藤の名前があがる。

他にも数名の名前が出るが、圧倒的多数で佐藤に票が集まる。その間、

5分もかかっていない。

あまりの早業に俺が呆気にとられているうちに、いつの間にかクラスメイ

ト数名がリコーダーを持って佐藤を取り囲んでいた。

それを見た途端、佐藤が目を見開き、震えだした。

何かを叫ぼうとしたが、猿轡までされている。

顔を真っ赤にして「うぅぅぅー」と唸るだけだ。

縛られた佐藤は、芋虫のように床の上でのたうち回っているが、誰も助ける者はいない。

あまりにも異様な雰囲気にのまれて、俺はビビっていたんだと思う。

声すら発することもできず、ただ佐藤を見ていたんだ。

そのうち、佐藤を取り囲んでいた生徒たちがリコーダーを吹き始めた。

聴いたことのない不思議な曲だ。

誰一人として音を外すことなく、息がぴったりと合っている。

曲がサビ部分に差し掛かると、巨像のぽっかりと空いた腹部分から、臓物のような触角のような……赤黒くヌメヌメとした太い紐状の触手がニュルニュルッと出てきた。

それは狙いを定めたかのように、佐藤の体に向かって伸びたかと思うと、あっという間に全身に巻きついたんだ。

この時点である程度、触手の次の行動が読める。

　自分には害がないとわかった時点で、恐怖心が好奇心へと変わる。

　つい期待をこめて、佐藤たちへとカメラを向けてしまう。

　案の定、触手は佐藤を軽々と持ち上げると、そのままギュルルッと心臓の

辺りへと抱き込んだ。

　クラスメイトは誰も巨像に触れてはいない。

　巨像を操作するようなリモコンだってない。

　ただ、巨像自らが意志を持っているかのように、佐藤を心臓部分に設置す

ると、そのまま胸部を閉じてしまった。

　ここで気がついた人もいるよね？

　今日のブログにアップした写真。

　あれ、『巨像合戦』の巨像が、心臓部分に佐藤を取り込もうとしていた時

のものなんだ。かなりエグいだろ。

　しかも、いったん巨像の中に取り込まれたら、巨像合戦が終わるまで出られないらしい。

　そりゃあ、心臓役になるのを嫌がるはずだよ。

　だって、これから３週間以上、巨像の中に缶詰だぜ？

　心臓役の食事やトイレ事情はどうなっているんだろう？

　これまで栄養失調や脱水症状、膀胱炎なんかで倒れたり、病院送りになったりした生徒は一人もいないっていうけど……。

　歴代の心臓役はみんな、巨像合戦が終われば巨像から解放され、元気に過ごしているのだから、多分、何も問題はないんだろう。

　ただ、俺は思うんだ。

　この独特なイベントには、何かしら意味があるんじゃないかってね。

　文化祭が終われば、すべてハッキリするんだろうな。

『キョゾウの真実』 | 2008/10/10 02:30

　おっす！　今日は２日間ある文化祭の初日だったよ。

『巨像合戦（きょぞうがっせん）』はどうだったかって？

　文化祭のメインイベントだけあって、めちゃくちゃ盛り上（も）がった（あ）。

『巨像合戦（きょぞうがっせん）』は１３時から開始だったんだ。

　みんなの手で組み立てられ、完成した巨像（きょぞう）はかなりの大きさだ。

　どうやって教室から出すのか疑問（ぎもん）だったんだけど、答えは簡単（かんたん）。

　うちの学校って、校庭に面している窓（まど）すべてが、やけに大きいんだ。

　窓（まど）ガラスを２枚（まい）取り外せば、身を屈（かが）めた巨像（きょぞう）であればじゅうぶん通ること

ができるってわけだ。

　巨像（きょぞう）が校庭に飛び出す様子はかなりの迫力（はくりょく）がある。

　１年１組から順番に、１体、１体、巨像（きょぞう）が校庭に姿（すがた）を現（あらわ）す。

そのたびに、大きな声援が響き渡った。

すべての巨像が出揃うと、応援席全体が凄まじい盛り上がりを見せる。

巨像たちが生徒たちの声援を受けながら、各スタート地点に立つ。

一瞬の静寂のあと、スターターピストルの音が響く。

それと同時に、巨像たちが一斉に動き出す。

重々しい足音が校庭に響き渡る。

ズドンズドンッと大地を揺らしながら、巨像同士がハチマキを奪い合う。

その動きはかなり激しい。

特撮映画さながらの大迫力を肌で感じる。

俺は手に汗握りながら、クラスメイトたちと夢中になって応援した。

俺たちのクラスの巨像はかなり素早く、パワーもある。

あっという間に、２体、３体とハチマキを奪っていく。

ハチマキを奪われた巨像は、その場で動かなくなる。

数秒後には、その場でバラバラになり、中から心臓役が出てきた。

　この時点で、負けが決定だ。

　巨像から出てきた心臓役が、自分のクラスの応援席へ向かって走っていく姿が目に入る。

　やり切った感があるのだろう。負けたというのに心臓役の人は笑顔だ。

　応援席で心臓役を迎え入れた生徒たちも、負けたことを誰一人責めるようなことはなく、「よくやった!」と褒めたたえていた。

　これぞ青春の一場面だなぁーって思う瞬間だよな。

　負けたクラスの人たちの対応を見て、ちょっと感動した俺は、再び、俺たちのクラスの巨像へ目を向けた。

　あんなにも心臓役を嫌がっていた佐藤が、思った以上に健闘していた。

　佐藤の奮闘ぶりを見て、たとえ負けても、笑顔で迎えようって思っていたんだけど――まさかのまさか、俺たちのクラスが優勝しちゃったんだよね。

優勝が決まった瞬間、俺たちのクラスは全員、飛び上がって喜んだ。

こういう時って、優勝の立役者を胴上げするもんじゃん？

俺は応援席を飛び出して、佐藤のところへ行こうとしたんだ。

だけど、みんなから一斉に止められた。

「巨像合戦は単なる文化祭行事じゃなくて、村の神事の一つなんだ。神の依り代として巨像を組み立て、競わせる。そして、最後まで勝ち残った巨像は、村の守り神として、このあと穢れを払いながら村を一晩中練り歩くんだよ」

みんなを代表して学級委員長が説明してくれた。

「神は神聖なもの。そして、人には『穢れ』がある。だから、守り神となった巨像に我々は決して触れてはいけないんだ」

様々な地域で独特の文化や慣習がある。

「福男」や「神男」を選ぶ神事があるように、『巨像合戦』というのは、年に一度、この村の守り神を決める大切な行事なのだろう。

佐藤の両親が「名誉なこと」だと、佐藤に言って聞かせた意味がここでようやく理解できた。

　すると今度は、校門のほうから騒めきが聞こえてきたんだ。

　振り返ると、村人たちが道の両脇にズラッと並んで花道を作っていた。

　花道を作っている村人たちが「村の守り神」の誕生を祝い、拍手をする。

　その音に導かれるようにして、巨像が動き始める。

　巨像の本当の役目を知ったからだと思うんだけど、ゆっくり、堂々と歩く巨像の姿に、俺は神々しさを感じていたんだと思う。

　巨像が校門から出ていったあと、その頼もしい背中が見えなくなるまで、俺は無意識に大きな拍手を送っていた。

　この村に来てから、普通じゃあり得ないような体験ばかりしているのに、それに慣れてきている自分が怖い。

　まだ興奮して寝られないけど、とりあえず、おやすみ。

『文化祭の思い出は燃え尽きる』 | ２００８／１０／１１　３５：６４

　昨日、大活躍した佐藤がどうなったのか気になった俺は、登校してびっくりしたよ。

　だって、みんなから「巨神様」と言われて、崇められていたんだぜ？

　どういうことなのか、そばにいたクラスメイトに速攻で聞いたよ。

　そしたらさ、一晩かけて村の穢れを払った巨像は、日の出とともに、村の土地神を祀る神社へ向かうんだと。

　それから、神主たちによって、きちんとした手順を踏んだうえで解体されるというのが、この神事の流れなんだって。

　もちろん、そこで佐藤も解放されたわけなんだけど……。

　優勝した巨像の心臓役は、この一年、村を守ってくれる神様を作ったという栄誉から、みんなから持ち上げられるのが恒例だという。

佐藤も、巨像合戦で優勝したことがキッカケで、自信がついたんだろう。

　徹夜明けだというのに、疲れを一切見せることなく、堂々とした態度でみんなに応えていた。

　それだけなら、別になんとも思わない。

　でも、そのあと、よそ見をしながら歩いていた生徒が佐藤にぶつかっちゃったんだよ。

　その生徒はすぐに謝ったんだけど、佐藤のやつ、「黙れ、下賤の者。どこに目をつけているんだ」とか言って、その生徒を罵ったんだ。

　不注意でぶつかった相手は、ちゃんと謝っているんだぜ?

　そんなに怒らなくてもいいと思わないか?

　それに、いつもの佐藤だったら、いくら寝不足で疲れていても、苛立ちが顔にでるくらいで、謝っている相手を罵ることはないと思う。

　なんか目つきも悪くなったような気がするし……その時点で俺は佐藤に違

和感を覚えたんだよね。

　とはいえ、もともと佐藤と俺は仲がいいわけじゃない。

　いままでは佐藤の気弱な一面を見ていただけで、本来の性格をたまたま目撃しただけなんだろうと、俺は気にするのをやめて、いつも一緒につるんでいる奴らと2日目の文化祭を楽しんだ。

　で、各クラスの出し物や企画展示、演劇なんかを見て回っているうちに、文化祭のクライマックスであるキャンプファイヤーの時間になった。

　校内放送の指示に従い、生徒全員が校庭に集まる。

　校庭の中心には、守護神として村を練り歩いた巨像がバラバラに解体され、集められていた。

　その様子から、キャンプファイヤーで燃やすものは、優勝した巨像──村の守護神だと知った俺は、「なんで?」と隣にいた友人に尋ねたんだ。

友人の説明によると、村全体を練り歩き、隅々まで穢れを払ってくれた守護神を神聖なる炎で浄化することで、守護神は巨像という器を離れ、村全体を守ってくれるのだそうだ。

　そうなると、来年の『巨像合戦』では、燃やされた巨像1体分の部品が足りなくなるのだが、その部品は神主や仏師たちが協力し、1年かけて新しく作るのだという。

　ということは、キャンプファイヤーというよりも、お焚き上げの儀式だ。

　俺の考えは間違ってはいなかったようで、生徒たちは解体された巨像の周りに整列すると、目を瞑り、手を合わせていた。

　厳粛な雰囲気の中、佐藤が松明を持って現れた。

　校長ではなく、村長が祝詞のようなものをあげる。

　それから、村長の合図を待って、佐藤が巨像に火をつけた。

　油でもかけてあったのか、巨像は一気に燃え上がる。

　燃えさかる炎の『ゴウゴウ』という音が、役目を終えた巨像が叫んでいるようにも聞こえ、物悲しさを感じさせる。

　その時、ふと、巨像の頭部が目に入った。

　炎に包まれた巨像の額には『310』と書かれてあるのが見えた。

　俺たちのクラスは３年３組だ。１０組は存在しない。もしかしたら１組と間違って310と書いたのではと思い、俺は担任に声をかけたんだ。

「先生、あの巨像、うちのクラスのやつじゃないか──」

「天道、あれは間違いなく、このクラスの巨像だ」

　担任が被せ気味で答えた。

　ポカンとする俺に、担任が「顔や模様を見てみろ」とまばたき一つせず言うもんだから、俺は燃え盛る炎の中に見える巨像の頭部に視線を戻した。

　そしたら、樹液らしきものが目から流れ出ていて、まるで泣いているように見えてさ……その顔が、心臓役を拒絶していた佐藤にそっくりだったんだ。

急に人が変わったような態度を見せる佐藤と、燃えて浄化されてしまった佐藤にそっくりな巨像。

　これって──単なる俺の思い過ごしだよな？

/Igyou
kenbunroku

第六話

地図にない集落

第六話 『地図にない集落』

『異形が住む集落』 | 2008/11/29 19:20

　今日のブログ内容は、タイトルでネタバレ。

　他にも衝撃的な事実が判明したから、とりあえず読んでくれると嬉しい。

　今日は滝岡、祖父江、横水と映画に行く約束をしていた。

　朝、駅で待ち合わせをして、みんなで電車に乗った。

　たわいもない話で盛り上がっていたら、『次は上降立駅』というアナウンス

が耳に入ったんだ。

　今日はゾロ目の日じゃないから、ザンギ様は乗っていない。

でも、俺はそこで思い出した。

ほら、以前ブログに書いただろ。

確か──そうそう!

俺がこの村に引っ越してきた日のブログに書いたんだったね。

上降立駅でザンギ様が降りたあと、車窓から見た景色の中で、遠くに見える霞（蒸気）や光るものを見たって書いたよな?

実はあの時のこと、ずっと気になっていたんだ。

それに、俺、引っ越してきてから変わった体験ばっかりしているだろ?

だから、もしかしたら何か不思議なものを目にするかもしれないっていう気持ちがなかったわけじゃない。

怖いもの見たさと少しの好奇心から、みんなと話をしながらも、視線だけは窓の外に向けたんだ。

俺の読みは当たった。

目の前をものすごい速さで赤い光が横切ったんだよ。

俺はそれを目で追いかけた。

すると、木々の合間に建物らしきものが見えたんだ。

よく見ると、それは見たこともないような奇妙な形をしている。

その周辺には工場でもあるのか、蒸気のようなものがあちこちで噴いていた。

村周辺の地図は、引っ越す前に何度も見ていたから、ほとんど頭に入っている。

蒸気が噴き出ている辺りは、森が茂っているだけで、小さな村や町どころか、ホテルや研究所みたいな大型施設だってなかったはずだ。

でも、俺ははっきりと建物の存在を確認している。

ザンギ様と遭遇した時に見たものは、やっぱり見間違いではなかったんだと、まじまじと見ている間に、赤い光は、その得体の知れない建物に吸い込まれるようにして消えていった。

俺が唖然としていると、今度は**フォンフォンフォンフォン**という機械音とも警告音ともつかない不思議な音がいくつも聞こえ始めたんだ。

　それと同時に、空に奇妙な光があちらこちらに点滅し始めたんだよ。

　飛行機にしては不規則な動きをしていた。

　気球やドローンかと思ったけれど、いきなり素早く動いたり、突然、消えたりするなんて、あり得ないだろ？

　これって、いわゆるUFO……いや、UAPってことだよな。

　不可思議な光は、赤い光と同じように、謎の建物へと消えていった。

　俺は点滅する光を指さしながら、隣にいた滝岡に尋ねたんだ。

「なあ。みんなもあの光、見えるよな？」

　俺の指さすほうへ滝岡が顔を向けると、一緒にいた他の二人もつられるようにして見た。

　三人同時に目を見開くと、何やらこそこそと話しだすんだよ。

「あれってアレだろ?」

「ああ。アレだな」

　三人はあの光がなんなのか知っているような素振りをみせる。

　鍋パーティーの時も「アレ」でごまかされていただろ?

　俺としては面白くないわけよ。

　だからついムキになって三人に「アレってなんだよ」って聞いたんだ。

　そしたら、あっさり教えてくれた。

「あれは航空自衛隊の訓練だよ」

「そそそ。山の向こう側に自衛隊の基地があるしさ」

　滝岡の答えに、横水が同調する。

　祖父江は二人の意見にうんうんと頷いた。

　何も知らなければ、俺もその答えに納得したと思う。

　けれど、航空自衛隊の飛行訓練は土日まで行われないと聞いたことがある。

しかも、不可解な動きを見せる光が降りている場所は、山の向こう側ではない。手前にある山の中腹にある森の中だ。

　目視できる場所なんだから、数時間はかかるかもしれないが、上降立駅から歩いて行けない距離でもないだろう。

　俺は光が降りていく場所について、三人の見解は間違っていると指摘したうえで、俺が目にした建物がいったいなんなのか調べようと提案したんだ。

　そしたら三人は口を揃えて、「あそこには何もないよ」なんて言うわけ。

　三人と話している間だって、俺の目には点滅する光も、光が吸い込まれていく建物も見えていたんだぜ？

　何もないわけがない。

　三人が三人とも俺が見ている建物の存在を認めようとしない──いいや、隠そうとする態度がかえって怪しいだろ？

　隠されれば隠されるほど、暴きたくなるのが人間の心理ってものだ。

　どうしてもあの建物が気になる。

　俺は「行ってみなくちゃわかんないだろ。お前らが知らないだけで、最近できたばかりの建物かもしれないじゃないか」と言って、強引に三人を連れて上降立駅で降車した。

「はあ……悟って、こういう時は意外と頑固だよな」

「山道って、すぐそこにあるように見える場所を目標にしても、実際に歩くと結構遠いってこと、悟、わかってる?」

「まあ、現実を知るいい機会だろ」

　映画を観る予定が、俺の勝手な好奇心から『謎の建物に向けての探検』に無理やり変更になったんだ。

　三人が文句を言うのもわかる。

　これで建物がなかったら土下座もんだけど、上降立駅のホームからも建物や蒸気のようなものを発している煙突のようなものが見えた。

この時点で、間違いなく山の中腹に何かがあると俺は確信した。

四人の中で一番土地勘がないにもかかわらず、俺はみんなを先導する形で建物に向かって歩き始めたんだけど──俺、山道ナメてたわ。

足場が悪い獣道を進むんだから、平坦な道や、舗装された坂道を登るのとではわけが違う。

草木をかき分けたり、ぬかるみにハマったりもするわけよ。

３０分も歩けば、結構息があがる。

とはいえ、文句言いながらも一緒についてきてくれた三人は、山道に慣れているのか、平気な顔をしているんだ。

言い出しっぺの俺が「疲れた」「もういやだ」なんて言えないだろ？

疲れを見せないどころか、元気なフリをして、道なき道を進んだんだけど、歩いても歩いても辿り着かないわけよ。

歩き始めてから１時間以上は経っていたと思う。

　山道を登るのって、普段使わない筋肉を使っているんだろう。

　いつの間にか、ふくらはぎや太ももの筋肉がパンパンになっていた。

　しかも、森の中に入ってからは、木々が視界の邪魔をして、目標物である建物が見えない。

　おかげで、あとどのくらい歩けば辿り着くのかまったく見当がつかず、不安に襲われたが、半ば意地になって上へ上へと山を登る。

　そこからどれだけ進んだのだろうか？

　いつまで経っても、看板や標識どころか、手掛かり一つ見つからない。

　汗だくになり、足の痛みも疲労もピークになってきた俺は、ここまで一緒に来てくれた三人になじられるのを覚悟で、ギブアップしようとしたんだ。

　でも、神は俺を見捨てなかった！

　諦めそうになった直後、俺のすぐ隣を歩いていた祖父江が急に進行方向を指さして、声をあげたんだ。

「おい、見てみろよ。悟の言う通り、建物が……！」

　その声に全員が顔を上げ、祖父江が指さすほうへと目を向けた。

　すると、森の奥のほうに開けた場所があり、建物がそびえ立っていたんだ。

　俺の体って、つくづく調子よくできているなぁーって思う。

　目的のものを発見した途端、疲れが吹っ飛ぶ。

「早く行こうぜ！」

　みんなに声をかけ、建物に向かって駆け出した俺は、森を抜けて驚いた。

　何もない山の中に、城郭の塀のようなものが造られていたんだぜ？

　苦労して辿り着いただけに、興奮も感動もひとしおだよ。

　俺はどきどきしながら堅牢な塀を見上げた。

　上降立駅から見た建物とは別の屋根や壁がいくつも見える。

　さらに、塀の向こう側からは、不可解な言語や不気味な鳴き声のようなも

のが聞こえてくるんだ。

誰かがいることは間違いない。

塀は左右に何百メートル……下手したら１ｋｍ以上あるかもしれない。

つまり、かなり大規模な施設が塀の中に作られているってことだ。

研究施設の線が濃厚だけれど、それにしては塀から見える屋根や壁が、

古い家っていうか、昭和レトロを彷彿とさせるような感じなんだよ。

普通、研究所っていえば、最新施設を想像するよな？

でも、そんな雰囲気はまったく感じない。

変な声や音は聞こえるけれど、騒めいている感じでもない。

見える・聞こえる範囲だけでジャッジするのであれば、明治・大正・昭和

村といった歴史テーマパークが近いような気がする。

ただ、塀が邪魔をして中を見ることができない。

塀の内側に誰かがいるのであれば、出入り口があるっていうことだろ？

中に入ることは無理だとしても、出入り口から中の様子を少しは見ること

ができるかもしれない。

　俺は塀に沿って歩き始めた。

　そしたら、滝岡たちが慌てだすんだよ。

「おいおい。お前、中に入ろうっていうんじゃないだろうな?」

「こんな施設、ずっとこの辺に住んでいる俺たちだって知らなかったんだぜ?

絶対に怪しいだろ。危険な香りしかしねーよ」

「そうだぞ。好奇心は猫を殺すって言うじゃないか。謎の建物を確認できた

だけで満足しろよ」

　三人が三人とも俺を止めるんだ。

　読んでくれてるみんなもおかしいと思うだろ?

　俺も滝岡たちの態度に違和感を覚えたんだ。

　だってさ、滝岡は気が強くて、クラスのリーダー的な存在だ。

　こんな怪しい施設を目の当たりにしたら、誰よりも先に調べようって言う

はず……いいや、滝岡自身が調べるっていうよりも、俺や祖父江とかに「ちょっと中を探ってこいよ」とか言いそうじゃない?

　それなのに、やけに消極的なところが気になったんだ。

　だって、思い出してみてよ。

　こいつらは俺が電車から見ていた建物の存在を頭ごなしに否定していた。

　まるで、この場所に来たくないというか、この場所を隠すような態度だったと思わないか?

　そのことも引っかかっていて、俺的には絶対に怪しいって思ったんだよね。

　だから、つい挑発しちゃったんだ。

「お前ら、この施設がなんなのか知ってるんだろ?　で、中に入るのが嫌だってことは、相当危ない施設ってことだよな?　それとも心霊スポットとか廃村で、オカルト的な噂話を怖がっているってこと?」

　ちょっと言いすぎたとは思ったよ?

でも、これが吉と出た。

　とくに、勝気な性格の滝岡には覿面だった。

「怖がるわけねーし!　悟こそ、一人じゃ怖いんだろ?　仕方ねーから、

一緒に出入り口探してやるよ!」

　なーんて言って、率先して塀伝いに歩き出したんだ。

　ほどなくして、門らしきものが見えた。

「ちょっと様子がおかしくないか?」

　先を歩いていた滝岡の言葉に、俺は頷いた。

　重要な施設の出入り口である門は、扉がしっかり閉まっていなきゃおかしい。

　俺の中でのイメージでいえば、電子錠がかかっていて、受付や守衛所なん

かが、きちんと身元や予約を確認できたところで門が開かれる。

　アミューズメントパークであれば、入場料を支払い、チケットを確認してか

ら入場できる仕組みだ。

それなのに、門の付近には警備員も守衛係もいない。

誰でも出入り自由とばかりに、門の扉はフルオープンになっていた。

あまりにも無防備すぎて、なんとなく警戒心が強くなり、中に入るのを躊躇った。

そろりそろりと門へ近づき、中の様子を窺った瞬間、悲鳴を上げそうに

なったんだけど、すんでのところで俺の口を誰かの手が覆ったんだ。

「しっ！　静かに」

「大きな声をあげたら、気づかれちまうだろ」

手の主は横水だった。

背後から滝岡と祖父江にも注意された。

俺は横水に口を押さえられながらも、周囲をじっくりと観察する。

門の中には昭和レトロな建物が建ち並び、活気に溢れていた。

それだけなら、地図に記載されていない新しい村なのかなとも思える。

もしくは、俺が予想していた歴史テーマパークという線で考えてもおかしく

はない光景だった。

　ただ、問題なのは、道を行き交う……いいや、そこに住んでいる人たちの姿なんだ。

　全身を鱗で覆われた怪物や、ぬるぬるとしたスライム状の物体、毛むくじゃらの大男といった、一目で『人ならざるもの』だとわかるものたちがうじゃうじゃいた。

　ここはきっと、『人ならざるもの』たち──異形のモノが住む集落だ。

　驚愕に目を見開けば、隣にいた祖父江が俺の袖を引っ張った。

「あれを見てみなよ」

　祖父江が震える指先でさしたのは、門から見て左側の奥に立っている大きな鳥居だった。

　鳥居があるっていうことは、神社があるっていうことだろ？

　俺はこんな異形のモノたちでも、神様を信じているのかと驚いた。

日本人じゃないんだから、神様といってもさすがに天照大御神とか伊邪那美命、伊邪那岐命といったものではないだろう。

俺は横水の手を口から払いのけ、スマートフォンのカメラを鳥居に向けた。

２倍、５倍、１０倍と撮影倍率を上げていく。

すると、鳥居の奥に銀色の施設が見えた。

その施設は円盤の中央にアステカとかマチュピチュといった古代の神殿に似せたようなものが造られていた。

それだけなら不思議な施設だなと思うだけだが、そうではない。

円盤部分には大きな目のようなものが生えている。

神殿の中央からは、うねうねと動くぬるりとした赤く長い触手のようなものが伸びており、その先端からは蒸気のようなものを噴出していた。

更には、神殿を取り囲むお堀のようなものには、真っ赤な液体が湛えられており、それは目の周囲に造られた水路から排水されているようだった。

あまりにも想像を絶する光景に、俺が言葉を失ったのは言うまでもない。

ただし、驚くのはこれだけじゃなかった。

呆然とする俺の目が、ヒュッヒュッと高速で動くロープのようなものを捉えた。

その正体は、神殿の中央から伸びていた触手だ。

触手はカメレオンの舌のように素早く動いては、森の中から鹿や鳥といった生きものを巻き取り、施設の中へと取り込んでいく。

まるで、神殿に餌を与えているかのような光景だ。

「これって……生贄?」

古代人は雨乞いや疫病・災害をおさめるため、そして、戦争で勝利を得るためにと、様々な理由で、神様に生贄を捧げる儀式を行ったと聞く。

人間以外のものだって、知性がある。

他の生きものにも生贄っていう概念があってもおかしくない。

でも俺、そんなことよりも、とんでもないことに気がついちゃったんだよ。

　ただただ触手が神殿の中に生きた獲物を与え続ける様子って、まるで、白い触手に給餌された俺とそっくりだと思わないか？

　ということは、この触手が捕獲しているのは神様への貢ぎ物ではなく、神殿の中にいる『何か』に生餌を給餌しているってことなのだろうか。

　で、その『何か』は、鹿や鳥を生きたままバリボリ食っているんじゃないかって……。

　そしたらもう、吐き気が込み上げてきてさ。

　考えれば考えるほど最悪なことばかりが頭を過るんだ。

　そのうち俺たちも食われるんじゃないかって──ね。

　生贄は神様への供物であり、生餌は生きたまま食われる餌でしかない。

　言葉の意味だけを捉えれば、生贄のほうが崇高なイメージがあるだろう。

　だが、どちらも死ぬことに変わりはない。

触手がどういう意図をもって、獲物を捕まえているのかはわからないが、このままここにいたら命が危ない。

俺はここからすぐに離れるべきだと結論づけ、三人に「早く帰ろう」と言ったんだ。

けれど、誰も俺の言葉に反応しない。

どうしたのかと思い、隣に立つ祖父江の顔を覗き込む。

祖父江は白目を剥いていた。

まさかと思い、横水や滝岡へと振り返る。

二人ともポーッと呆けたように立ち尽くしていた。

彼らの顔を覗き込めば、やはり二人とも白目を剥いている。

肩をゆすり、背中を叩くが、なんの反応もない。

そうこうしているうちに、俺自身、息苦しさや眩暈を感じ始めたんだ。

俺は三人と同じような状態になるんじゃないかという危機感を覚えた。

もしかしたら、あの奇妙な触手が吐き出している蒸気は人間にとって毒と

なる成分が含まれているかもしれない。

　そのせいで、三人の様子がおかしくなったと思えばつじつまが合う。

　もう、こんなところには１秒たりともいられない。

　ただ、俺一人で三人を連れ帰るのには無理がある。

　一人だけでも目を覚ましてもらおうと思い、三人の頬を軽く叩いていると、

横水が小さな声を漏らした。

　その声に反応した俺は、つい力が入っちゃってさ。

横水の頬を思いっきり叩いちゃったんだよね。

　正気に戻った横水は相当痛かったのだろう。

　赤く腫れた頬を押さえた横水に、恨みがましい顔で睨まれた。

　今にも殴りかかってきそうな目をしていたから、俺は咄嗟に事情を説明し

たよ。

　必死な様子の俺を見て、文句を言いたいのを我慢してくれたのだろう。

　グッと唇を噛みしめたあと、自分自身を落ち着かせるかのように、横水は大きく息を吐いた。

　冷静さを取り戻した横水に「すまん。助けてくれてありがとう」と感謝され、俺は少しだけ肩の力が抜けた。

　だが、ここからが肝心だ。

　みんなで無事に家に戻ることができなければ、意味がない。

　横水と手分けして、未だ白目を剥いている滝岡と祖父江の腕を引っ張り、来た道を戻る。

　数十メートルほど歩くと、目の前に黒い影が立ちはだかった。

　おそるおそる顔を上げると、それは村長や村役場の人たちといった見慣れた大人たちだった。

　気が動転していた俺は、「このタイミングで村長たちが現れるなんて、怪し

い」と思うよりも先にホッとしちゃってさ。

　おぞましいものを見た恐怖感、様子のおかしい友人たちを連れて下山できるかどうかという不安で、頭の中が混乱していた俺は、支離滅裂になりながら、自分たちの状況を説明し、この集落はヤバいってことを必死になって伝えたんだ。

　そしたら、なんて言ったと思う？

「大丈夫。この集落はまったく危険じゃない。まだ、村に来て１年も経っていない悟くんに教えるのは早いと思って説明していなかったんだが……この集落は、わしらの村で管理しているんだよ」

　穏やかな笑顔を浮かべる村長は、「まあ、知ってしまったのなら仕方がない。これからは、悟くんにも手伝ってもらうからね」と言って、俺たちに門の中へ入るよう促したんだ。

　村役場の人たちは十人以上いる。

抵抗したって、すぐに捕まるのがオチだ。

そもそも帰る場所は同じ村なんだぜ？

大人たちにはむかって、嫌われたくはない。逃げ出して、殺されたくない。

しかも、妙な圧を感じたんだから、従うしかないだろ。

村長のあとに続いて、横水と一緒に集落の中へ足を踏み入れたんだ。

村長はひたすら黙って歩いていく。

行きつく先は言わずもがな。

鳥居の奥にある、あの不気味な触手が生えた神殿だ。

触手が森の中から生きものを捕獲していたことを思い出し、背後についてくる役場の人たちを振り返った。

ガタイのいい男性たちが、滝岡、祖父江を背負っている。

俺は嫌な想像をしてしまい、ブルリと震えた。

そんな俺を見て、村長はクスリと笑う。

「悟くんたちを生贄にするつもりも、ましてや生餌にするつもりもないから

安心しなさい」

　頭に過ったことを見透かされた俺は、バツが悪くなって首を掻いたんだ。

「えっと……そんなことは思っていませんよ」

　口から出た言い訳は、とんでもなく陳腐なものだったと思う。

　でも、それ以外言いようがないだろ？

　俺の下手な言い訳を、村長も役場の人たちも笑って受け止める。

　そこで、ふと気がついたんだ。

　すれ違う異形のモノたちは、みんな、村長や役場の人たちと笑顔で挨拶を

交わしている。

　目や口といったものが確認できず、表情が読めないような生命体ですら、

その動作や雰囲気から好意的なのが伝わってきた。

　それって、この場所はものすごく住み心地がいいから、管理する村長たち

にみんな、感謝している証拠だろ？

　つまり、見た目や種族が違っても、異形のモノたち──ここに住む人たち
は、人間と友好的な関係を築いているのだと理解できた。

　そう思うと、異形のモノたちなんて、言語が伝わらない外国人のようなも
のだ。考え方一つで恐怖心も薄らいでいく。

　それに、怯えていたはずの横水も、異形のモノたちに笑顔を振りまいて、
手を振っていたんだよ。

　異形のモノに対して、かなり慎重に行動していた横水がだぜ？

　そんな場面を見たら、怯えたり、悩んでいたりしていたのが急に馬鹿らし
くなってさ。

　見た目の異質さは、ハロウィンのコスプレだと思えばいいし、言語の違い
はジェスチャーを交えれば、どうとでもなる。

　これも異文化コミュニケーションの一つだと気持ちを切り替えれば、なん

となく足取りも軽くなり、あっという間に神殿の中へと案内された。

　神殿の中には、液体で満たされた大きな筒状の水槽が何十、何百と並ん

でいた。

　その中では、奇妙な形をした生物たちが一つの水槽に一体ずつ眠っている。

　まるでSF映画で見た、クローンや人造生物研究所のようだ。

　奥にはいくつもの檻があり、見たこともない奇妙な動物たちが入っていた。

　檻の中の動物たちが食べているものを見て、神殿の外に生えていた巨大な

触手は餌を獲っていたのだとわかる。

　呆然とそれらを眺めている俺に、村長たちがこれらは地球外生物だと説明

してくれた。

　村長たちの話によると、この集落では地球外生物の飼育・保護を行ってい

るのだという。

　こういった施設は各国にあるらしい。

　公にはなっていないものの、地球外生物の保護や飼育に関しては、世界

共通の取り決めや、機関があるのだそうだ。

「私たちの村はね、政府からの命令で、日本にやってきた地球外生命体を

預かっているんだ。じゃあ、我々の役目は何かといえば、この星にやってき

たものたちが地球の環境に慣れ、人間や動物たちと共存できる手助けをする

ことなんだよ。彼らが安心して暮らせて、尚且つ、種の繁栄もできるよう、こ

の集落を管理運営することが、我々の大切な仕事であり、使命でもあるんだ」

　村長の説明を聞き終えた俺は、そこでハッとしたんだ。

「もしかして、うちの家業も？」

　俺の問いに、村長はにっこりと微笑んだ。

　無言は肯定を意味する。

　つまり、とさん様も、もとは地球外生物だったってことだ。

　これは世界的に見て、地球外生物と人間とが、持ちつ持たれつのうまい

関係を続けているモデルケースだと言っても過言じゃないだろう。

　俺は俄然、家業を引き継ぐことにやる気が漲ったところで、滝岡たちがどうなったか気になった。

　周囲を見渡すと、いつの間にか役場の人たちだけでなく、横水もいない。

　筒状の水槽が並ぶ部屋には村長と俺だけになっていた。

　俺は横水たちや村役場の人たちの姿を探してキョロキョロとした。

　そんな俺の背後を、村長がジッと見ていることに気がつき、振り返った。

　入ってきた時と変わらず、部屋の中には沢山の水槽が並んでいる。

　様々な異形のモノが眠っている水槽を一つ一つ確認し、俺は絶句した。

　いくつかの水槽には、異形のモノではなく、人間が……横水や滝岡、祖父江たちだけでなく、南海さんや吉村さん、それに、クラスメイトや学校の先生たちまで液体の中で眠っていたんだ。

　彼らの体からは、いくつもの管が延びている。

——そこからの記憶はない。

次に目が覚めた時には、自分のベッドにいた。

でも、これは夢オチなんかじゃない、現実に俺の身に起きたことなんだ。

草木で引っかいた傷だらけの手足と、土で汚れていた服が何よりの証拠

だ。

ここまでの話を聞いて、もしかして、俺が住んでいる村の人たちも地球外

生物なんじゃないかって思った人もいるよね？

でもさ、いまだって年間100種類以上の新種生物が発見されているんだ。

それらのすべてが、もともと地球にいた生物とは限らないだろ？

それと同じで、人間の先祖がもともと地球にいたとは限らない。

俺たちだって、もとは地球外生命体だった可能性があるんだ。

人種や性別、年齢なんかの差別や不平等をなくそうとしている現代社会に

おいて、出生地（出星地）を気にするなんてナンセンスだと思わないかい？

　Eらい奇想天外(きそうてんがい)な話だと思うかもしれないが、BEつにそんなことハない。

　キセキが起きる確率(かくりつ)よりも、EBEと遭遇(そうぐう)する確率(かくりつ)のほうが遥(はる)かに大きイと

言ったところで、信じられない人が多いと思う。

　だから、私(わたし)からみんなに提案(ていあん)スルことにした。

コれまでノブログ内容が本当な❶か実際に見タイ・聞きたい人卜かいルノ

マじな話、気になる人、み✎なでPΔгΔ$ｌｔｅ村に来てみナい力？

きっとみん☆、
あた𝟃しいじぶんにう𝄞れかわれるよ。

エピローグ

Epilogue

　ブログを読み終えた成人は、画面上に不思議なQR

コードを発見した。

　スマートフォンを手に取り、QRコードを読み取る。

　画面に表示されたのは、どこかの村のＨＰだ。

　ものすごくのどかで自然豊かな土地だということが一目

でわかる。

　軽く内容に目を通すと、移住希望者を募集する宣伝

がメインとなっていた。

「え？　もしかして、この村がブログに書かれてい

た村ってこと？」

　詳しく調べようとしたところで、親友の天道勝から電話

がかかってきた。

「あ、成人？　俺、勝だけど、いま何してた？」

「奇妙なブログ見つけて読んでいたんだ。　で、最

後に変なQRコードが出てきたからアクセスしたところだよ」

　素直に答えたところで、勝が爆笑する。

　聞けば、あのブログは勝の父が作ったものだという。

　勝の父の実家がある村は、過疎化が進んでいるらしく、昨今のオカルトや都市伝説ブームを利用して、村おこしをすることになったそうだ。

　つまり、勝の父親が作った仕掛けに、まんまと俺はハマッたってわけだ。

　がっくり項垂れると、成人は受話口の向こう側からフォンフォンフォンフォンと不思議な音が鳴り続けていることに気がついた。

「お前、今どこにいるの？」

「いま俺もその村にあるじいちゃんちに遊びに来てるとこ。夏休みだし、お前も遊びに来ないか？　電車で1時間くらいで着くぜ」

　成人は勝に二つ返事で答えたのだった。

著 藤白圭（ふじしろ・けい）

愛知県出身。『意味が分かると怖い話』（河出書房新社）で2018年単著デビュー。以降「意味怖」シリーズは累計40万部超。他の著書に『スマホに届いた怖い話』『怖い物件』『私の心臓は誰のもの』（以上、河出書房新社）、『意味が分かると怖い謎解き 祝いの歌』（双葉社）、共著に『ラストで君は「まさか！」と言う 戦慄の悪夢』『ラストで君は「まさか！」と言う 消された記憶』『マシカクショートショート 呼んではいけない』（以上、PHP研究所）などがある。

イラスト キギノビル

東京都出身。多摩美術大学大学院美術研究科絵画専攻版画研究領域修了後、ゲーム会社にデザイナーとして就職し個人でイラストレーターとしても活動。クライアントワークでは主にCDのジャケットイラストや書籍装画の制作を担当。

デザイン ● 荒川正光＋野条友史（BALCOLONY.）
組　　版 ● 株式会社RUHIA

異形見聞録（いぎょうけんぶんろく）

2024年2月8日　第1版第1刷発行

著　　　　藤　白　　　　圭
イラスト　キ　ギ　ノ　ビ　ル
発 行 者　永　田　貴　之
発 行 所　株式会社PHP研究所

東京本部 〒135-8137　江東区豊洲5-6-52
児童書出版部 ☎03-3520-9635（編集）
普及部 ☎03-3520-9630（販売）
京都本部 〒601-8411　京都市南区西九条北ノ内町11

PHP INTERFACE　https://www.php.co.jp/

印刷所・製本所　図書印刷株式会社

NDC913　159P　20cm